NTICA
VINTER HAL
DAFALS
SNORRI'S SAGA
STRAND
SKOG LAGUNE
FRIGG TEMPEL
VALGUROK
N
W
E
S

RULANTICA
La congiura degli dèi

Per Mats e tutti gli eroi che, specialmente in tempi difficili, non solo parlano e agiscono, ma ascoltano.

NELLA STESSA COLLANA

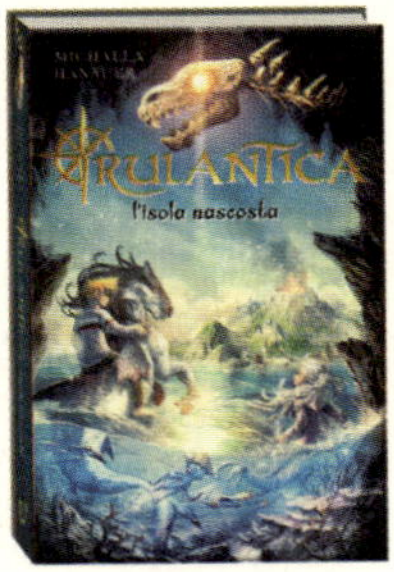

Concesso in licenza da: Mack Media & Brands GmbH & Co KG, Direttore Responsabile Michael Mack

MackMedia. brands

Mediazione: *Literatur Agentur Hanauer*

EDICART è un marchio EDICART Style
via Jucker, 28 - Legnano (MI) Italia
Titolo originale: *Rulantica – Die Verschwörung der Götter*
Traduzione dal tedesco di *Michela Guardigli*

Basato su un'idea di: *Michael Mack, Jörg Ihle, Tobias Mundinger*

Progetto: *Jörg Ihle*

Testo: *Michaela Hanauer*
Illustrazioni: *Helge Vogt*
Stampato in Turchia

www.edicart.it

Michaela Hanauer

Rulantica
La congiura degli dèi

EDICART

PROLOGO

Era il 1557. Re Gustavo, conosciuto anche come Gustavo I Vasa, era diventato troppo vecchio e stanco per affrontare nuove battaglie. Rimpiangeva amaramente la sua mortalità; restavano troppe imprese da compiere, e non poteva affidarle ai suoi successori.

In quel momento angoscioso, uno straniero gli si avvicinò e gli narrò di una sorgente la cui acqua assicurava la vita eterna. Affidò a Gustavo il suo elmo cornuto, che lo avrebbe guidato verso un'isola nascosta nella nebbia dove sgorgava la fonte. In cambio, un giorno avrebbe chiesto la restituzione dell'elmo, disse lo straniero, prima di sparire senza lasciare traccia, così come era venuto.

Gustavo mandò il suo condottiero più fidato, il capitano Tord Johansen, in missione segreta sul veliero reale, il *Tre Kronor*.

Quando raggiunse il muro di nebbia, il capitano si tolse l'elmo, ruppe uno dei corni e ci soffiò dentro. In un istante, un'isola si rivelò ai suoi occhi. Il capitano portò gran parte dell'equipaggio a terra con lui. Solo Fin, il mozzo, rimase sulla *Tre Kronor* per sorvegliarla.

Ma a Fin non piaceva essere stato lasciato indietro e seguì gli altri a una certa distanza. Sull'isola, un canto seducente lo accolse e lui si arrampicò su una roccia per vedere da chi provenisse. Era la sirena Kailani che, con il suo canto, cercava di impedire agli uomini di raggiungere *la fonte. Fu lei a raccontare a Fin della maledizione che incombeva sull'isola, e del serpente pronto a divorarli tutti se qualcuno si fosse servito della fonte.*

Fin si perse negli occhi grandi e belli di Kailani e cominciò a porsi delle domande. Era giusto mettere la missione del suo re al di sopra del benessere degli abitanti dell'isola?

Accecati dall'amore, i due non si accorsero che Exena, condottiera dei Guardiani della Fonte, li aveva scoperti. Exena trascinò Fin via dalle rocce e lo fece catturare. Probabilmente sarebbe annegato se Kailani non lo avesse liberato dalla prigione sottomarina con l'aiuto del suo fidato amico Snorri, un piccolo polpo con sei tentacoli invece di otto... Fin abbandonò la sua missione per stare con Kailani e aiutò il Popolo del Mare a tenere il capitano Johansen e la sua ciurma lontani dalla fonte. Grazie all'intercessione di Fin, l'equipaggio della Tre Kronor *ricevette un salvacondotto e poté lasciare l'isola vivo.*

Fin, tuttavia, rimase con l'amore della sua vita, Kailani, a Rulantica, anche se la situazione era una spina nel fianco per Exena. Fece voto di non usare mai la fonte, e lo rispettò per tutta la vita.

Non si seppe più nulla della Tre Kronor *o dell'elmo e la storia venne dimenticata. Fino ad ora, quando il destino dell'isola verrà deciso ancora una volta...*

Magni se ne sta seduto sul trono di Odino, a fissare i buchi nei mondi. Modi si accovaccia a gambe larghe ai suoi piedi, lucidando Mjölnir, il martello di Thor, lasciato in eredità a entrambi.

«C'è qualcosa di interessante da vedere?» chiede Modi, senza interrompere il suo lavoro.

«C'è di che uscire dai gangheri: i pochi che ancora credono in noi se ne stanno rintanati su un'isola nebbiosa, e nessun altro a Midgard si interessa a noi!», brontola Magni.

«Il nostro martello finirà per arrugginirsi se non avrà presto qualcosa da fare», afferma Modi. «Non volevamo dare una bella scossa al mondo umano?»

«Stavamo per farlo», dice Magni. «Ma Wali ha cambiato idea a metà strada.»

«Wali!» grida Modi. «Wali! Vieni! Subito!»

Fuori, nel cortile del suo castello, Wali si sente chiamare. Indeciso, porta in braccio una pernice che ancora si dimena. Ma chissà cosa hanno scoperto i figli di Thor, non è comunque saggio lasciarli soli per troppo tempo. Così interrompe l'allenamento di riporto con i suoi lupi, Geri e Freki, e si precipita nella sala del trono.

«Cosa c'è?»

«Dimmi, quando iniziamo? Voglio davvero far tremare i mortali!», lo saluta Modi.

«Ti ho spiegato, vero, che prima dobbiamo preparare il nostro piano perché abbia l'effetto dovuto!» dice Wali.

«Non basta il serpente per questo?» si chiede Magni.

Wali alza gli occhi infastidito. «Una maledizione sconosciuta non spaventa nessuno. Abbiamo bisogno di qualcuno che creda in noi e che dica alla gente quanto siamo grandi e potenti noi giovani dèi.»

«Chiacchiere inutili! Ci conosceranno!», Modi accarezza il martello quasi con tenerezza.

«Saresti il primo a lamentarti se ti scambiassero per Thor, perché non hanno mai sentito parlare dei figli di Thor!» sostiene Wali.

«Nessuno conosce né Vidar né te», scherza Magni. «Laggiù credono ancora a vostro padre, Odino. Semmai.»

«Esattamente, ecco perché abbiamo bisogno del ragazzo», dice Wali.

«Ma come farai ad attirarlo lontano dall'isola e a farlo parlare di noi nel mondo degli Uomini?» chiede Magni.

«Semineremo discordia», dice Wali.

«Ti sei dato all'agricoltura ultimamente?» sogghigna Modi.

Magni ridacchia.

Interiormente, Wali è irritato, e non è la prima volta, per la mancanza di comprensione dei suoi colleghi. Ma la sua lista di alleati è breve, quindi deve adattarsi.

«Ve lo farò vedere. Magni, vieni con me.»

«Perché solo Magni?», brontola Modi.

Ma Wali non bada a lui.

Fuori dalla porta, Magni chiede: «Cosa vuoi da me?»

«Non dirlo a tuo fratello, ma ho sentito che Thor all'inizio voleva lasciare il martello solo a te. Penso che avesse ragione; il martello è più al sicuro con te che con Modi.»

Magni si gonfia di orgoglio. «Beh, in mano mia Mjölnir è particolarmente flessibile. Ma non dirlo a Modi, si irrita facilmente per tutto ciò che riguarda il martello.»

«Lo terrò per me», promette Wali.

«Di cosa stavate sparlando?», vuole sapere Modi al loro ritorno.

«Niente di importante», dice Magni.

Wali sorride, ma prende subito in disparte Modi.

«Ehi, ehi, ricorda la tua promessa, Wali!» grida Magni dietro di loro.

«Ma certo!», esclama Wali.

«Mi stai nascondendo qualcosa?», sbuffa Modi.

«No, no», risponde Wali, «vogliamo solo andarci piano con te perché sappiamo quanto ti stia a cuore il martello.»

«Ovvio! È la cosa più importante per me. Dopo mio fratello, ovviamente.»

«Ovviamente», concorda Wali. Non dice altro, ma silenziosamente inizia a contare fino a dieci, già a cinque viene interrotto da Modi.

«Andarci piano riguardo a cosa?»

«Oh, niente!», si agita Wali.

«Parla o ti farò assaggiare il martello!», minaccia Modi.

«Per favore, no!» Wali finge di essere sorpreso. «So quanto sia difficile per te tenerlo in mano in questo momento.»

«Di cosa stai parlando, chiacchierone? Nessuno brandisce Mjölnir meglio di me!»

«Sì, è vero, ho rassicurato Magni a riguardo. Gli ho detto che vostro padre Thor ha sbagliato a pensare di lasciare il martello solo a lui. Meno male che mio padre Odino l'ha convinto a scegliere entrambi come eredi.»

Wali dà una pacca sulla spalla a Modi per rassicurarlo. Modi, di solito rumoroso e rozzo, diventa silenzioso. Tace ancora quando tornano da Magni. Dopo la semina, pensa Wali, ora arriva il raccolto.

Ad alta voce dice: «Vorrei invitarvi a cena. Siete abili cacciatori... Uno di voi può procurarmi della selvaggina?»

«Accendi il fuoco, me ne occupo io!» si offre Magni.

«Perché proprio tu? Posso farlo io!», Modi prende il

martello. Fa ritorno solo quando il sole sta già lasciando lentamente il cielo.

A mani vuote.

«Dov'è la nostra cena?», dice Magni al fratello. «Dovremmo mangiarci il tavolo?»

«Vai tu stesso e vedi se riesci fare di meglio!», brontola Modi.

«Beh, non è difficile fare meglio di niente», afferma Magni.

«Certo, il grande dio Magni riesce a cacciare anche in una foresta morta!», sbotta Modi.

«Bah, tu non sapresti colpire nemmeno l'animale più vecchio e più debole di tutto il branco!», dice Magni.

Con rabbia, Modi lancia il martello ai piedi di Magni.

Wali applaude lentamente ma forte. «Ecco, miei due impazienti compagni d'armi, è esattamente così che raggiungeremo il nostro obiettivo!»

Magni ci arriva per primo. «Tu! Brutto verme, ci hai messo l'uno contro l'altro!»

«Solo per spiegarvi il giochetto», si difende Wali.

Magni stringe i pugni. «Nessuno si mette tra me e mio fratello!»

«Vedi di darci una spiegazione, se no ti faremo assaggiare il potere di Mjölnir!» minaccia Modi.

Wali non lascia trasparire il suo rispetto per la forza bruta, ma dice con calma: «Ciò che ha funzionato con voi funzionerà ovunque se parleremo alle orecchie giuste. Alimenterò i dubbi già esistenti della fedele Exena. Sarà lei a rompere l'unità dei Prescelti e a spingere il ragazzo tra le nostre braccia». Wali si sfrega le mani. «Sarà testimone del nostro potere e lo racconterà a tutti. Allora vedrete Midgard cadere in ginocchio davanti a noi!»

«Supereremo persino la gloria dei nostri padri!» esulta Magni.

«Oppure io picchierò tutti!», grida Modi.

I

GARA SUI KELPI

«In sella!» rimbomba la voce di Usgur sul vasto campo di battaglia. Accanto a Mats e a pochi guardiani giovani che Usgur sta addestrando, una decina di Guardiani della Fonte più esperti si precipitano verso gli animali. I cavalli marini aspettano con le narici dilatate e le code di pesce che battono senza sosta davanti alla sala di Svalgur. La tensione vibra letteralmente attraverso l'acqua. Solo il serpente gigante se ne sta in silenzio e guarda fisso attraverso il ghiaccio vitreo di Vinterhal, come se non avesse preso vita solo qualche settimana prima e non avesse quasi divorato Mats, Finja e l'intera isola. Mats non dimenticherà mai la sua enorme bocca e i suoi denti come pugnali. Ma oggi non deve distrarsi: è il giorno del Ringraziamento a Odino, una festa in memoria del padre degli dèi che ha risparmiato Rulantica dalla distruzione. In suo onore, i Guardiani della Fonte organizzano ogni anno una gara audace, il leggendario Løp, in cui i migliori cavalieri di Kelpi della Città di Ghiaccio possono mostrare quanto sono veloci e abili con i loro cavalli marini su un

percorso pieno di ostacoli. La partenza e l'arrivo si trovano nella Città di Ghiaccio, ma una parte del percorso porta fuori, nelle foreste di kelp. Il percorso è segnato da pietre sul fondo del mare che riportano l'occhio saggio di Odino. Per gli ostacoli, Exena, la condottiera dei Guardiani della Fonte, e l'istruttore Usgur si inventano sempre qualcosa di nuovo. Nessun giovane guardiano ha mai vinto la gara prima, ma il solo fatto di essere lì è incredibilmente emozionante per Mats.

Quest'anno, per la prima volta, come segno del riavvicinamento e della riconciliazione tra Aquamaris e la Città di Ghiaccio è stata invitata Kailani e le è anche stato permesso di creare una parte del percorso. Chissà cosa si è inventata la regina delle sirene. Nemmeno Finja è stata in grado di carpirle qualche anteprima. Mats individua le due fianco a fianco su una tribuna di fronte alla sala di Svalgur, da dove possono dominare tutto. Snorri si accovaccia sulla spalla di Finja. Sua sorella ha deciso di non partecipare alla gara per stare con la madre adottiva. Mats lo capisce, Finja e Kailani non si vedono quasi mai perché a Finja non è permesso lasciare la Città di Ghiaccio, proprio come a tutti gli altri giovani guardiani nel loro primo anno di formazione. Anche se non si lamenterebbe mai ad alta voce, Mats nota quanto a Finja manchino sua madre e suo padre Bror. Non le importa che non siano i suoi genitori biologici, dopo tutto, è cresciuta con loro. Anche Mats desiderava avere qualcuno che gli volesse così tanto bene. A malincuore si scuote, non è un buon momento per i sentimentalismi! La gara sta per iniziare!

Sgomitando tra gli altri Guardiani della Fonte, Mats raggiunge i Kelpi. Più avanti vede Timur e Slander, due dei giovani guardiani con cui condivide la casatorre. Entrambi sono nuotatori veloci e formano un'ottima squadra con Swaan e Rugu, i loro Kelpi.

Non tanto quanto me e Venn, però, pensa Mats.

È alla ricerca del Kelpi di Falor, suo defunto padre. Eccolo! Venn sporge con orgoglio la sua testa rosso fuoco tra la ressa di cavalli marini. A differenza dei Kelpi che lo circondano, non ha cambiato il suo colore per adattarsi all'ambiente, dimostrando ancora una volta la sua natura indomabile. Proprio allora Timur si avvicina un po' troppo a lui mentre sta sellando Swaan, così Venn mostra i denti ed emette un ringhio che avrebbe fatto scappare molti animali selvaggi. Spaventato, Timur scarta, dando inavvertitamente a Mats abbastanza spazio per raggiungere il suo Kelpi.

Non appena ha Mats accanto, Venn si calma. Mats gli accarezza delicatamente le narici e tira fuori dalla tasca una corda che Finja ha intrecciato appositamente per lui oggi. La porge a Venn.

«Ne abbiamo bisogno oggi, ragazzone?»

Venn sgrana gli occhi e fa per impennarsi.

«Lo immaginavo.» Mats mette via rapidamente la corda. «Allora facciamo come sempre: niente briglie e niente sella!»

Non importa quello che Usgur ed Exena tentano continuamente di fargli entrare in testa, non vuole imporre la sua volontà a Venn, si fida di lui.

E oggi possono dimostrarlo a tutti. Da giorni Mats avverte quanto sia importante il Løp per Venn. Ha vinto la gara con Falor. Due volte. È stato molto tempo fa e prima di allora era riuscito solo a Usgur.

I due ottennero la loro prima vittoria ancora prima che Falor salvasse la madre umana di Mats e Finja dall'annegamento e si innamorasse di lei. La seconda vittoria la conquistò quando alcuni dei Guardiani della Fonte gli voltarono le spalle a causa dell'amore di Falor per Vivika. Ancora oggi, Mats può percepire l'ostinazione e la soddisfazione di Venn e Falor quando smentirono tutti coloro che sostenevano che Falor era diventato troppo debole e non era più un vero Guardiano a causa del suo affetto per una donna umana. Per un po', dopo quella vittoria, le malelingue tacquero. Fino a...

Mats ci ha messo un po' a scoprire cosa abbia causato un nuovo cambiamento. Venn teneva ben nascosti i ricordi che condivideva nella sua mente con Mats. Ma un giorno Mats l'aveva capito da solo: era stata la sua nascita e quella di Finja a causare nuovamente il panico tra i Guardiani della Fonte, Exena in primis. La condottiera la interpretava come il compimento di parte della profezia di Frigg, moglie di Odino, secondo cui, un giorno, qualcuno della natura originaria del Popolo del Mare avrebbe messo fine a Rulantica.

Questa eterna sfiducia verso gli umani... Anche Mats la avverte ancora, dato che appartiene solo per metà al

Popolo del Mare e non è cresciuto in acqua come Finja, ma sulla terraferma. Metterà le cose in chiaro qui e ora, proprio come fece suo padre una volta!

Se lui e Venn vinceranno la gara oggi, Exena e i Guardiani della Fonte lo acclameranno come suo padre anni fa, o come dicono qui, un bel po' di maree fa! E finalmente verrà accettato dal Popolo del Mare.

Oh sì, vuole vincere questa gara, proprio come Venn!

«Gliela faremo vedere», sussurra alle attente orecchie da Kelpi di Venn.

Hanno sicuramente una possibilità, perché nessuno va così d'accordo con il suo Kelpi. A volte sembra che Mats possa leggere la mente di Venn. E viceversa.

Pieno di energia, Mats ondeggia in groppa a Venn. Sente i muscoli del suo Kelpi contrarsi.

Anche gli altri Guardiani della Fonte si stanno preparando alla partenza sui loro cavalli marini. Massima concentrazione e tensione per cavalieri e spettatori. Tutti attendono il segnale di Usgur.

«Pronti... GÅ!»

Venn scatta più veloce di una freccia. Nel giro iniziale del campo di battaglia, è importante guadagnarsi una posizione favorevole. Proprio di fronte a Mats si trova il gruppo di testa che comprende tutti Guardiani della Fonte di lunga data e più esperti, che hanno partecipato a innumerevoli Løp, tra cui Halvor, il vincitore dell'anno scorso. Finja ha suggerito a Mats di stare lontano dai veterani.

Slander non segue questo consiglio, però, e si lancia

nella posizione più avanzata con Rugu. Mats vede uno degli anziani tendere un braccio. Troppo tardi per avvertire Slander, il Guardiano della Fonte afferra la briglia di Rugu e tira così forte che il Kelpi grida di dolore, si impenna e fa cadere Slander. Mats stenta a crederci. Un comportamento davvero scorretto! Ma né Exena né Usgur intervengono. Nulla è vietato per vincere!

«Meglio mantenere le distanze. Lasciamo che prima si spacchino la testa a vicenda!», Mats fa capire a Venn il suo piano.

A malincuore, Venn rallenta il passo. Mats gli dà una pacca rassicurante sul collo. «Abbi pazienza! Possiamo sempre sorpassarli più tardi!»

Un rapido sguardo indietro: a una lunghezza di Kelpi dietro di loro si trovano gli inseguitori più vicini. Non tutti conoscono personalmente Mats, che riesce a distinguere solo l'arcigno Zwart e Ilai, una delle studentesse scelte.

«È meglio stare tra i due gruppi», pensa Mats.

Mats e Venn superano indenni il giro del campo di battaglia. Il percorso si snoda ora lungo la stretta via d'acqua tra le casetorri fino alla porta della città. I Kelpi dei veterani nuotano abilmente con le loro code di pesce verso l'obiettivo. Venn continua a compiere ogni sforzo per mantenere la distanza, pur spingendosi in avanti, Mats lo percepisce. Non lontano, dietro di loro un cavaliere si è staccato dal gruppo di inseguitori, e si avvicina inesorabilmente. La porta sembra così

stretta... davvero riusciranno ad attraversarla? Senza rallentare? Venn sfrega il fianco lungo l'arco, ma ce la fanno!

Gli occhi di pietra sul fondale marino portano alla foresta di kelp. Improvvisamente, dal nulla, un muro appare di fronte a loro. Costruito con blocchi di ghiaccio nudi, è quasi insormontabile. In un attimo, Mats deve decidere: sinistra o destra, da che parte deve sterzare? Oppure? Mats allunga la mano per suggerire la direzione a Venn. Oltrepassiamola dall'alto!

Il muro di ghiaccio si estende all'infinito. Venn si alza sempre più. Mats sposta il suo peso per non essere una zavorra. Spera di aver fatto la scelta giusta e che il muro non risulti essere una cupola, come il muro intorno alla Città di Ghiaccio. I primi raggi di sole oltre la superficie dell'acqua si intravedono già, proprio prima del bordo del muro. Venn allunga le zampe anteriori, dà una spinta potente con la sua coda di pesce e scivola sull'ostacolo con un grande arco. Ma non possono tirare un sospiro di sollievo. Dall'altra parte, li accoglie l'oscurità. Nessuna traccia dei raggi del sole, né della normale luce diffusa sottomarina. Non si riesce a vedere assolutamente nulla. Dove si va ora? Meglio fermarsi o continuare a nuotare? Mats perde per un attimo l'orientamento e tira la criniera di Venn. Dov'è l'alto, dov'è il basso?

«Calmati, ci vedo io per tutti e due!»

Mats è interdetto, mentre il suo corpo continua a

correre insieme a Venn. Chi ha parlato? Non ha mai sentito questa voce prima, eppure gli è familiare. Venn! È Venn! Mats non ha mai capito con tanta chiarezza il suo cavallo marino. Gli sta parlando con parole vere, o il ritmo della corsa lo sta facendo impazzire completamente? Può essere vero? Ma il suggerimento ha senso e aiuta effettivamente Mats a superare l'attacco di panico. Si aggrappa al cavallo marino e si lascia trasportare nell'oscurità. Per un momento, si estranea dalla gara. Poi delle grida lo riportano alla realtà dell'oceano nero.

«Da questa parte!»

«Attenzione, è una trappola!»

«Chi mi garantisce che non sia tua questa trappola?»

Risate gutturali. «È *davvero* la mia trappola!»

«Mangia la mia sabbia!»

«Tu mangerai la mia!»

Mats si morde la lingua. I due Guardiani della Fonte sono molto vicini. Non sanno che anche lui ha superato il muro, e non possono vederlo più di quanto lui possa vedere loro. Uno degli altri Kelpi sbuffa, ma nessuno ci bada, mentre i due continuano a litigare.

«Vincere il Løp in questo modo è indegno persino per te!»

«Una lotta onesta porta sempre a un degno vincitore!»

Mats sente un tonfo sordo, seguito da un grido di trionfo.

Un avversario in meno. Apparentemente, i concorrenti non si fanno scrupoli a eliminare anche gli amici, e Mats non ne ha neanche uno tra i Guardiani della Fonte. Meglio fare silenzio, e non essere scoperto.

Così bruscamente come era apparsa, l'oscurità svanisce. Mats si guarda intorno freneticamente, aspettandosi di finire direttamente in pugno all'altro concorrente o infilzato su un bidente sguainato. Sono ancora fuori dalla Città di Ghiaccio, e incredibilmente sul percorso, come rivelano gli occhi di pietra tra la sabbia sotto di loro. Ma non si vede più nessuno. Giungono solo dei suoni. Rantoli e imprecazioni si diffondono nell'acqua da ogni dove e da nessuna parte. Ora spinge Venn in avanti. Verso l'ondeggiante foresta di kelp, da cui arrivano urla e lamenti. Probabilmente alcuni cavalieri sono bloccati qui, ma le dense foglie verdi non rivelano nulla. Mentre Mats riflette se passare all'esterno, qualcosa si stacca dalle alghe. Sono fiori di ghiaccio. Belli, ma affilati come lame di coltello. Ruotano sul proprio asse e bloccano la strada a Mats e Venn.

«Attenzione!» grida Mats.

Tuttavia, uno raggiunge il suo obiettivo, sfiorando Venn sul fianco. Il Kelpi nitrisce rabbiosamente, il sangue blu cola dalla ferita, piccola ma profonda. Mats preme rapidamente la manica del suo maglione su di essa, sperando di fermare in qualche modo l'emorragia. Allo stesso tempo, tiene gli occhi aperti per evitare altri proiettili. Il prossimo vortica nell'acqua.

«A sinistra!» urla Mats, dirigendo Venn nel fitto groviglio di piante della foresta. I proiettili non penetrano così lontano, ma difficilmente ora riusciranno a procedere speditamente. Sempre più stretti, gli steli di kelp avvolgono le zampe anteriori di Venn. Non appena il Kelpi si scrolla di dosso un nodo, le foglie formano il successivo. Con entrambe le mani Mats strattona questi lacci verdi. Più cerca di tenerli lontani, più essi gli tagliano il palmo delle mani. Non sarebbe stato meglio se avesse portato un bidente come alcuni altri Guardiani? Ma sarebbe stato ingombrante e gli avrebbe dato fastidio durante la corsa... e comunque non è molto pratico con quest'arma.

Ignorando lui e il suo Kelpi, alcuni pesci colorati e iridescenti gli sfrecciano accanto: per loro le foglie non sono un ostacolo ma un rifugio ideale. A malincuore, Venn scuote la testa, facendo sì che la sua lunga criniera si aggrovigli ancora di più tra le alghe.

Ecco! Non è solo la taglia di Venn a causare il problema!

«Ci agitiamo troppo», nota Mats. «È proprio questo che fa ondeggiare gli steli.»

Venn sbuffa sprezzantemente alcune foglie d'alga lontano da sé, che prontamente si rovesciano all'indietro e cercano di intrecciarsi intorno alla sua bocca.

Mats libera con cura il suo amico, osservando di nuovo alcuni dei piccoli pesci. Una leggera spinta con la loro coda di pesce e scivolano dolcemente attraverso la foresta.

«Proviamoci anche noi», esorta Venn. «Diventa più lungo e più magro che puoi e io ci tirerò fuori da qui!»

Delicatamente, Mats scende dalla groppa del Kelpi. Venn brontola controvoglia, ma poi avvicina le zampe anteriori al corpo possente, allunga la testa e la coda di pesce e non si muove più. Mats si aggrappa a Venn e si dà slancio molto delicatamente con le gambe. Le alghe sfiorano le braccia e le gambe di Mats, ma non si impigliano più. In questo modo avanzano alla velocità

di una lumaca marina, ma almeno non si bloccano. Solo dopo un tempo interminabile lasciano la foresta di kelp.

«Se continuiamo così, non saremo i primi ma gli ultimi», sospira Mats.

Una scia di occhi di Odino si trova di nuovo sotto di loro; abbastanza distanti, almeno tre cavalieri nuotano vicini. Da quello che riesce a vedere Mats non sono veterani, ma i suoi precedenti inseguitori, tra cui Zwart.

Non ci voleva! Probabilmente metà dei concorrenti l'avrà già superato. Rapidamente si guarda intorno. Un po' più in alto, ma sempre dietro di lui, si avvicinano altri cavalieri. Un Kelpi disegna una scia blu di sangue attraverso l'acqua, presumibilmente è stato colpito dai fiori di ghiaccio, ma il suo cavaliere non se ne preoccupa e lo pungola con il bidente.

«Ora è il momento di correre!» grida Mats.

Si riposiziona sulla groppa di Venn, aggrappandosi con le gambe e le braccia, lasciandolo libero. Venn vola letteralmente attraverso l'acqua quasi schiantandosi contro il lato dell'ostacolo successivo senza frenare. Appena in tempo, Mats gli tira la criniera e lo porta a fermarsi. Un enorme squalo di ghiaccio blocca la strada con il suo corpo massiccio. Da lontano, avrebbe potuto essere scambiato per delle rocce. La sua pelle è altrettanto grigia e scabra. Purtroppo è molto più pericoloso di una roccia, con la sua bocca piena di denti affilati, con i quali potrebbe facilmente staccare entrambe le gambe o addirittura l'intera testa di Mats.

«Gli squali di ghiaccio sono i preferiti di Exena», mormora Mats. «Ma come facciamo a superarlo senza che ci faccia a pezzi?»

Come per confermare la sua malvagità, lo squalo mostra la sua fila di denti, ma non si avvicina. Non ancora.

Venn nitrisce. Sembra dire: «Imprevedibile!»

E su questo ha assolutamente ragione! Gli squali di Exena sono imprevedibili e possono mordere molto velocemente.

«Allora saremo imprevedibili anche noi!», decide Mats.

Cosa non si aspetterebbe mai lo squalo? O, al contrario, cosa si aspetta? Fuga o attacco!

«Nessuna delle due!» Mats sussurra la sua strategia all'orecchio di Venn.

«Avanti a tutta velocità!» grida allora, e si lanciano al galoppo verso lo squalo di ghiaccio. Lo squalo si volta verso di loro. Si aspetta l'attacco! Ma non verrà. Appena prima che lo squalo possa scattare, Venn frena a fondo e si gira in un lampo nella direzione da cui sono appena venuti. Mats lancia uno sguardo all'indietro. Lo squalo li fissa per un momento con i suoi occhi spenti, e sta per girarsi di nuovo quando Venn alza la sua coda di pesce. Con tutta la forza schiaffeggia lo squalo sul naso, prima da un lato, poi dall'altro e infine ancora una volta nel mezzo, forte. Prima che lo squalo di ghiaccio si renda conto di quello che gli sta succedendo, Venn fa un'altra inversione a U e si tuffa sotto di lui. Mats trattiene il respiro. Se lo squalo li sta inseguendo, ora sarà vicino. Questa volta non osa quasi guardarsi indietro. Quando ci riesce, vede che lo squalo di ghiaccio si è ritirato in una fessura, tenendo la testa leggermente abbassata, probabilmente brontolando. Non ha alcuna intenzione di inseguirli.

«Wow, abbiamo schiaffeggiato uno squalo», gongola Mats, «ne ha avuto più che abbastanza per oggi!»

Dietro la barriera rocciosa appare la silhouette della Città di Ghiaccio. Gli ultimi metri del Løp li stanno aspettando. A Mats batte il cuore in gola. Che posizione occupano nella gara? Sono rimasti bloccati nella foresta di alghe troppo a lungo? Quanti dei suoi avversari ha fermato lo squalo? Dopo di lui, sicuramente non più! Ma dove sono gli altri?

Come se i pensieri di Mats avessero aperto una cateratta, il mare intorno a lui comincia a muoversi. Solo ora nota gli occhi di pietra, che formano una stella che indica l'entrata della Città di Ghiaccio.

Dietro di lui, accanto a lui, davanti a lui... altri cavalieri appaiono ovunque.

«Gå, gå, gå», incitano i loro Kelpi.

Halvor spinge Kleng, il suo Kelpi, a voce particolarmente alta. Ci sono alcune foglie d'alga appese al collo di Kleng e Halvor.

Mats si fa di nuovo coraggio. Se un Guardiano così esperto è stato fermato nella foresta di kelp e non è già all'arrivo, allora forse non è troppo tardi! Si china in avanti verso l'orecchio di Venn e sussurra: «Forse potremmo vincere la corsa».

Dà briglia sciolta al suo Kelpi. Niente speroni e niente urla, sa che Venn vuole la vittoria tanto quanto lui. Più si avvicinano alla porta, più la mischia si fa stretta. Due cavalieri si avvicinano a Mats e Venn da entrambi i lati, quasi simultaneamente. Se non si tolgono di mezzo, Mats e Venn verranno schiacciati, e questa sembrerebbe essere esattamente l'intenzione dei due.

La Guardiana alla destra di Mats, alta e muscolosa, sta già sguainando il bidente, il cavaliere alla sua sinistra ruggisce: «Levati di mezzo, novellino! O te ne pentirai!»

Ma Mats non vuole dar loro alcun vantaggio, non così vicino al traguardo. Se li lascia passare ora, perderà la sua occasione. Oppure... Mats ha un'idea. Stringe le braccia intorno al collo di Venn e contiene il suo galoppo. Venn inarca il collo e si dimena.

«Non chiedermi di piegarmi a questo attacco!»

«Fidati di me», risponde Mats. «E guarda cosa succede.»

Mats e Venn rimangono indietro, i due concorrenti continuano a correre avanti, ma ora senza Mats in mezzo avanzano l'uno verso l'altro. Inevitabilmente, si scontrano. La Guardiana viene disarcionata, ma riesce a lanciare la sua arma all'ultimo momento, colpendo la coscia dell'avversario, che ruggisce di nuovo, questa volta per il dolore.

«Fiu, c'è mancato poco!»

Mats non ha tempo per gioire. A causa dell'incidente tutti vogliono cogliere l'opportunità, Mats è davanti con un margine sottile come una lama di rasoio. Venn agita la sua coda di pesce e allunga il passo il più possibile con le zampe anteriori. Accelera verso la porta, facendo quasi girare la testa a Mats. Ce la faremo! Proprio dietro di loro, un altro Kelpi nitrisce. Ma questa volta Mats non si gira. Non importa chi sia, lui e Venn sono più veloci. Sfrecciano intorno all'area di combattimento fino alle tribune per il giro finale. La vicinanza della vittoria dà loro le ali. Corrono e corrono e corrono come se fosse in gioco la loro vita. Un reticolo di bidenti appare davanti a loro, senza esitazione Venn li supera con un salto. Dall'altra parte, sono accolti da una grandinata di frecce di ghiaccio. Con leggerezza, Venn le schiva.

«Attento, si sta formando un vortice», si rende conto Mats, ma Venn evita anche quello. Ancora pochi metri!

Dietro di lui, Mats sente l'urlo straziante di Halvor mentre galoppa sul traguardo con Venn; davanti vede il volto raggiante di Finja, che aspetta i cavalieri accanto a Kailani, Exena e Usgur, tutti e quattro in piedi ai loro posti.

Il tempo sembra rallentare e accelerare nello stesso istante. Il polso di Mats corre, la sua testa riesce a malapena a tenere il passo.

Primi!

Hanno vinto davvero! La sensazione di felicità nello stomaco di Mats è indescrivibile, eppure non riesce a crederci. Il suo più grande desiderio si è avverato. Tra un momento lo porteranno sulle spalle, lo festeggeranno, ed entrerà veramente a far parte della loro comunità! Mats scende dalla groppa di Venn e abbraccia il suo amico.

«Grazie, grazie, grazie... sei il migliore!»

Prima gli applausi sparsi degli spettatori in piedi intorno alla piazza, Finja gira su e giù e indica con un ampio sorriso la ghirlanda di ghiaccioli e la corona di ghiaccio, pronte per il vincitore su un tavolo di fronte a Exena. Snorri cerca invano di passare inosservato mentre tenta di pescare gli oggetti con i tentacoli. Mats sorride dentro di sé. Tipico dei due, nulla va abbastanza veloce per loro, vorrebbero afferrare tutto l'armamentario e consegnarlo a lui e Venn personalmente. Ma questo, ovviamente, spetta a Exena.

Guarda la condottiera dei Guardiani della Fonte. La sua espressione è impenetrabile come sempre, non un accenno di sorriso anche in un giorno come questo... ha davvero tutto sotto controllo! Infine, alza la voce.

«Nobili partecipanti, cari ospiti e Guardiani della Fonte, ancora una volta abbiamo vissuto un Løp emozionante, che sarebbe piaciuto al nostro salvatore, il dio Odino: ciò dimostra che stiamo raccogliendo tutte le nostre forze per continuare a compiere la sua missione e proteggere la fonte che ci ha affidato.»

Da più parti giunge un mormorio di approvazione.

Exena prosegue: «Alla fine è stata una gara serrata tra Halvor e Zwart, e ora sono lieta di annunciare che dopo molto tempo abbiamo un vincitore che si è guadagnato l'onore per il secondo anno consecutivo: fai un passo avanti, Halvor, ti conferisco la Corona di Ghiaccio!»

Per una frazione di battito cardiaco, tutto tace. A Mats sembra che tutti lo stiano guardando, ma poi scoppia l'applauso, tutti hanno le mani in aria e stanno applaudendo Halvor, accompagnato da profonde grida di Huh-huh-huh, come è usuale tra i Guardiani della Fonte.

Halvor avanza verso gli spalti, alza il pugno in aria e con un urlo primordiale dà sfogo alla sua gioia.

Solo Finja e Snorri, che ancora si trovano al loro posto dietro Exena, sembrano confusi quanto Mats. Istintivamente, guarda Venn per un sostegno. Il Kelpi soffia bolle torbide nell'acqua. Come Mats, sta metabolizzando la sorpresa. Sono invisibili e Exena e

Usgur non hanno notato che in realtà hanno vinto lui e Venn? O si è sbagliato e Halvor e il suo Kelpi erano in realtà lì prima di loro?

No, no! Mats è sicuro, Venn e lui sono stati i primi! Incerto, fa qualche passo in avanti. Dovrebbe correre il rischio e interpellare Exena? O meglio cedere alla voglia urgente di nascondersi nell'angolo più lontano della Città di Ghiaccio?

«Perché ci hanno rubato la vittoria?» Venn strofina la testa contro la sua spalla.

Mats lo coccola dolcemente sotto la sua lunga criniera. «Hai ragione, amico mio. Almeno su questo ci devono una risposta!»

Se fosse per lui, Mats lascerebbe correre. Ma il suo coraggioso e veloce Kelpi non merita di essere trattato in quel modo. Facendosi coraggio, sale sulle gradinate e si dirige verso Exena, il che non è così facile perché anche molti del Popolo del Mare si stanno precipitando sulle gradinate per congratularsi con Halvor. Quando finalmente si è fatto strada fin là, Finja sta già protestando: «...ma non è giusto, mio fratello è stato molto più veloce!»

«Il suo Kelpi non porta la briglia», spiega Exena.

«Che differenza fa!»

«Fa davvero una grande differenza! Non ha domato il suo Kelpi. Premiamo il miglior cavaliere, non quello che si lascia portare dal suo animale! Avrei fatto meglio a non farlo partecipare affatto!»

Mats si blocca. È questo ciò che pensano di lui? Che si lascia solo portare da Venn? Lo shock lo colpisce profondamente e inaspettatamente, le sue ginocchia cedono, nessuno gli presta attenzione.

«Ma Mats sa cavalcare», Finja continua a difenderlo con caparbietà. «Ha un legame con Venn come nessun altro ha con il suo Kelpi. Non per niente riesce a guidarlo anche senza sella e briglia!»

«Non si può certo parlare di guida! Non posso lasciar vincere qualcuno solo perché è tuo fratello!»

«Ma!»

«Fine della discussione, devo andare dal nostro vincitore!»

Exena lascia Finja in piedi, non si arrende ancora, ma si rivolge a Kailani.

«Mamma...»

Da qualche tempo Finja la chiama di nuovo così. Dopo che Finja ha lasciato il Palazzo di Conchiglie ed è andata nella Città di Ghiaccio, si sono riavvicinate, il che rende Mats felice per sua sorella, ma gli fa solo capire quanto Finja appartenga a questo mondo più di lui.

«Mamma, anche tu hai visto che era davanti. Devi fare qualcosa!»

«Oh, Finja, cara, sono solo un'ospite nella Città di Ghiaccio e non ho voce in capitolo qui. Come sai, è la prima festa comune dopo tanti anni di inimicizia, e io conosco troppo poco i costumi di questa corsa...»

Lei nota Mats e gli accarezza i capelli con compassione. «Tu lo capisci, vero Mats?»

Distrattamente, Mats annuisce, che altro può fare? Kailani mormora un'altra scusa e poi si unisce rapidamente a coloro che si congratulano con Halvor.

«Exena è proprio un lamantino!», Finja getta le braccia

intorno al collo di Mats. «Per me il vincitore sei tu!»

Scuote la testa. «E per tutti gli altri... non ho nemmeno partecipato...»

«Oh, Mats, non lasciarti abbattere! Puoi riprovare al prossimo Løp e allora vincerai in modo così evidente che non potranno scegliere nessun altro come vincitore!»

Le sue parole, che in realtà volevano essere di conforto, colpiscono Mats come punture di spillo sottili ma tanto più dolorose. «Ah... Non ho forse vinto in modo evidente oggi?»

Finja concorda. «Sì, certo!»

«Quindi in cosa dovrebbe essere diverso l'anno prossimo rispetto a quest'anno?»

Finja non ha una risposta.

Snorri si avvicina a loro, con la corona di ghiaccio in testa, mentre fa vorticare il suo piccolo elmo con un tentacolo. Quando arriva a Mats, si toglie la corona dalla testa e gliela porge.

«Sn, sn!»

«Oh, Snorri, sei il migliore. Ma farai meglio a riportare la corona a Halvor prima di finire nei guai! Non l'ho meritata.»

II

RANGNAKOR

Mats non ha più voglia di assistere a quel teatrino di bugie. Lascia che celebrino la vittoria di Halvor. Ma non è tenuto a festeggiare anche lui. Si asciuga rapidamente qualche lacrima, quella giornata non se l'era immaginata così!

Ma al resto della gente non importa, anche la guardia alla porta della Città di Ghiaccio, che ora ha ripreso il suo posto, riceve lì una porzione del banchetto che viene servito per tutti gli altri sulla grande piazza dopo il Løp. C'è la zuppa di vongole, la tartare di tonno, il merluzzo in crosta di sale, le sardine essiccate al sole e gli asparagi di mare con croccante di sassolini bianchi appositamente per Finja. Lei ci si avventa sopra, senza curarsi del fatto che Mats si limita a dare qualche colpetto al suo cibo e finisce per spingere il piatto verso Snorri. Il polpo è contento e lo afferra come se non avesse appena divorato la sua porzione di insalata di alghe.

Mats preferisce accovacciarsi con Venn, nemmeno lui ha voglia di fare baldoria ed è scivolato via, ai margini della grande piazza. Mats non avrebbe dovuto lasciare che Finja lo convincesse a partecipare a quello stupido banchetto.

La compagnia diventa sempre più allegra ed esuberante ogni minuto che passa. Si raccontano storie di vecchie imprese e persino Exena e Usgur dimenticano la disciplina che predicano di solito. Non rimproverano nemmeno la guardia, che alla fine abbandona il suo posto solitario alla porta e si unisce ai festeggiamenti.

Alcuni fanno un gioco davvero sciocco: cercano di afferrare il vicino per la coda di pesce e farlo girare su se stesso. Mats sussurra a Venn: «Aspetta, tra un po' saranno così storditi da girare da soli.»

«Invece di aspettare, approfitta dell'opportunità.»

Mats guarda Venn. Il suo Kelpi gli dà di nuovo dei consigli! E Venn ha ragione, l'opportunità è perfetta e non tornerà presto. Quindi si parte, possono chiarire tutto il resto là fuori.

«D'accordo!»

Nessuno li ferma mentre scivolano attraverso la porta. L'acqua dall'altra parte sembra meno torbida e molto più amichevole per Mats.

«Mi chiedo come abbia fatto mio padre ad andare d'accordo con i Guardiani della Fonte», mormorò Mats. «E mia madre? Non abbiamo scoperto di più sulla sua vita su Rulantica, solo perché ultimamente Finja fa la studentessa modello e si attiene scrupolosamente alle regole.»

«Conosco la strada!»

Senza aspettare la reazione di Mats,

Venn lo trascina in superficie con lui. Come sempre, quando Mats mette la testa fuori dall'acqua, fa per prima cosa un respiro profondo. Da quando ha superato la sua paura dell'acqua e ha scoperto di appartenere per metà al Popolo del Mare, prende aria sott'acqua senza problemi. Tuttavia, qui è diverso. Più familiare, più luminoso... Forse sarebbe dovuto rimanere nel mondo umano, dopo tutto? Mats continua a reprimere questa domanda, mentre riemerge. Si sentiva solo all'orfanotrofio *Tre Betulle*. Ma è davvero meno solo qui? Non è uno di loro, e non l'ha scoperto solo oggi. Anche se è nato su Rulantica, i suoi genitori vivevano qui e con lui c'è sua sorella. Finja... Venn lo scuote.

Mats sorride. «Sì, anche tu sei qui con me, naturalmente!»

Nuotano verso l'isola, che incombe come un castello di fronte a loro. Il pinnacolo più alto è la Montagna di Fuoco. Di tanto in tanto fa onore al suo nome e sputa lava incandescente in aria e in mare. Mats l'ha sperimentato in prima persona qualche tempo fa. Ma oggi non un solo filo di fumo si alza nel cielo blu.

Più si avvicinano, più i primi pali si stagliano dietro la spiaggia rocciosa. Appartengono a Rangnakor, la città dove viveva il Popolo del Mare quando erano Vichinghi e Umani. Ancora oggi, le case su palafitte dimostrano l'abilità costruttiva dei loro antichi abitanti. Dopo secoli stanno in piedi e sopravvivono al vento, alle intemperie e all'ira del padre degli dèi, il che è davvero un miracolo. Mats non può fare a meno di pensare a Rayk, il suo compagno di stanza all'orfanotrofio, che era stato la persona più vicina a un amico per lui. «Imponente»,

avrebbe detto Rayk. «E sta anche a ponente.»

Mats sorride tra sé e sé, che battuta stupida, eppure è ovviamente impressa nella sua memoria. Rayk sarebbe stato rimproverato da Carla, la direttrice: un rimprovero del tutto innocuo in confronto alle ire di Usgur o, ancora peggio, di Exena quando Mats per l'ennesima volta non riesce a tenere la bacchetta correttamente o non sa eseguire una sola magia del ghiaccio. Solo Finja può trasformare l'acqua in ghiaccio. Quando Mats recita un incantesimo, l'acqua intorno a lui non si raffredda nemmeno di mezzo grado. Si scuote, non vuole pensare alle sue imbarazzanti mancanze e a Exena in questo momento. Dopo questa terribile giornata si merita qualche ora di libertà e con un po' di fortuna troverà finalmente una traccia di sua madre. Mats sospetta che lei abbia vissuto in una di queste palafitte e oggi ha finalmente il tempo di dare un'occhiata più da vicino mentre il Popolo del Mare si dedica a una sciocca festa.

Sulla riva, Mats si arrampica agilmente sulle pareti di roccia porosa. Exena dovrebbe imparare da lui, qui tutta la sua magia non la aiuterebbe: con la sua coda di pesce sarebbe costretta a stare nell'acqua come tutti gli abitanti del mare, tranne lui e Finja.

La soddisfazione lascia il posto allo stupore per Venn che salta con grazia a riva. Mats ha già assistito alla trasformazione, ma è sempre straordinario vedere la coda di pesce di Venn trasformarsi in due forti zampe posteriori e la sua pelle liscia mutarsi in un manto da cui l'acqua scorre via, in rivoli argentei. Il magico cavallo marino si scuote e fa piovere intorno a sé delle belle gocce d'argento prima di dirigersi verso le palafitte. Ad un esame più attento, non sono così intatte come appaiono da lontano. I pali di sostegno sono marci e alcune travi trasversali sono addirittura sfondate, inoltre i pavimenti delle case pendono storti a metà altezza e potrebbero crollare completamente al suolo in qualsiasi momento. I tetti di legno a punta sono stati decorati con teste di drago o di serpente, sui frontoni. Stranamente grotteschi, svettano come se sorvegliassero ancora oggi la città, anche se ad alcuni manca un dente, un naso o addirittura mezza testa. La vernice delle case si è naturalmente scrostata da tempo, invece il muschio è cresciuto ovunque, e su alcuni tetti ci sono così tante canne che sembra che siano stati imbottiti di proposito. Dove prima c'erano ponti di collegamento tra le abitazioni, ora si aprono pericolose voragini.

«Non è più possibile vivere qui», nota Mats. «Peccato, mi sarebbe piaciuto!»

Venn nitrisce in segno di incoraggiamento e procede lentamente, ma è pesante e affonda a ogni passo. Solo con difficoltà riesce a liberare gli zoccoli.

«Pbr-au-uuu», rimprovera le assi di legno mentre una scheggia lo ferisce alle caviglie. È impossibile per lui raggiungere il livello superiore delle palafitte. Mats allarga le braccia come un funambolo e saggia ogni trave prima di camminare in equilibrio su di essa. Ci riesce meglio del suo Kelpi, ma deve stare molto attento a non cadere. Raramente è stato così bello avere due gambe, essere in grado di camminare in piedi e, rispetto a un Kelpi, essere un peso mosca.

Venn si ferma. «Una hydda è intatta! Trovala, ti aspetterò!»

Mats si ferma in mezzo a una trave e si volta verso il Kelpi. Di nuovo!

«Stai davvero parlando con me! Non solo nella mia immaginazione, ma realmente, giusto? Perché non so cosa sia una hydda, e non userei mai la parola 'intatta' nei miei pensieri.»

«Le case su palafitte si chiamano 'hydda'», spiega Venn. «E tu hai creduto per tutto questo tempo di aver immaginato i miei saggi consigli?»

«Um... beh... più o meno», ammette Mats.

«E hai pensato che fosse più probabile che capire un buon amico?», Venn nitrisce ridendo.

«Ho solo pensato che stessi parlando nella mia testa perché...»

«...perché ci capiamo con il cuore», Venn completa la frase, annuendo. «Sì, è così che la nostra comprensione è iniziata molte lune fa. Così abbiamo imparato la lingua l'uno dell'altro, e tu capisci quello che tutti gli abitanti del mare intorno a te pensano siano suoni lamentosi.»

«Sono l'unico che ti capisce?»

«Sì, non conosco nessuno che abbia mai imparato la lingua dei Kelpi.»

«Nemmeno mio padre?»

«Falor intuiva molte cose, ma non abbiamo potuto parlare tra di noi.»

«Ed Exena?»

«Bah, lei meno di tutti! È così difficile per te credere di poter fare qualcosa di speciale?»

Mats china la testa. «Chiedi a Usgur e agli altri Guardiani della Fonte, pensano tutti che io sia un fallimento totale!»

«L'importante è che tu non ti consideri tale!»

«A volte sì», ammette Mats. «Non so fare la magia del ghiaccio e so cantare ancora peggio.»

«Vedi a cosa servono le abilità dei Guardiani della Fonte e delle Sirene, sorvegliano un'isola. Solo perché non puoi fare quello che fanno tutti, non significa che il tuo lavoro sia meno importante.»

«Sei davvero un amico straordinario», Mats salta su e giù per la felicità e la trave sotto di lui comincia a incrinarsi pericolosamente.

«Sono felice di ricambiare il complimento! Ma ora è meglio che tu vada a cercare l'hydda di tua madre. Dobbiamo andarcene prima che faccia buio.»

Mats esita per un istante, avrebbe un'infinità di domande in più ora che sa che Venn lo capisce. D'altra parte, possono sempre parlare più tardi, non riuscirà tanto presto a sgattaiolare di nuovo fuori dalla Città di Ghiaccio inosservato e a guardarsi intorno in pace.

Mats chiede solo: «Hai idea di dove dovrei cercare?»

Venn scuote la criniera. «Tutto quello che so è che tua madre viveva in una delle case su palafitte, e da dove mi trovo ora nitrivo forte per chiamarla da tuo padre nell'acqua.»

Mats ride involontariamente: «Come un telefono su quattro zampe.»

«Un COSA?»

«Non importa, solo tecnologia umana. Ora levo le tende», e anticipando la prossima domanda di Venn, aggiunge rapidamente: «...insomma, inizio la ricerca.»

Continua il suo numero da equilibrista. Basta non guardare in basso.

«Almeno non ho paura delle altezze», mormora Mats.

Come hanno fatto i Vichinghi ad arrivare lassù nei tempi antichi? Probabilmente allora c'erano ancora scale di legno o usavano scale di corda. Non è esattamente un modo comodo per entrare in casa, ma d'altra parte i piedi rimanevano asciutti anche in caso di tempeste e onde, ed erano protetti da creature pericolose. In generale, le abitazioni ricordano a Mats un misto tra le case lunghe senza finestre dei Vichinghi e le eleganti navi di legno con le quali dominavano gli oceani. Come se Viken Rangnak, il capo, e il suo clan non volessero dire completamente addio alla vita di mare, anche sulla terraferma.

Mats lascia vagare lo sguardo attraverso la prima casa e cerca di ricordare la sezione vichinga nel Museo Krønasår. Un tempo era sicuramente molto accogliente, ma ora non è rimasto molto dell'arredamento. Un telaio di legno deformato nell'angolo potrebbe essere stato un letto o una panca. Con una pelle o un tappeto, il suo antico inquilino potrebbe anche averlo usato per entrambi. Un buco profondo si apre nel punto centrale dove di solito c'era il camino, ricordando a Mats di continuare a muoversi con molta attenzione attraverso i pavimenti marci.

La capanna successiva è in condizioni simili, ma il focolare è ancora riconoscibile, carbonizzato, invece parti della capriata del tetto sono crollate. Mats deve spostare le travi per poter proseguire. Ovunque si accumulano canne, erba e paglia. Se osserva così attentamente ogni hydda, gli ci vorrà una settimana. Peccato che Venn non abbia potuto descrivergli esattamente dove viveva sua madre.

Dopo ogni casa, le ombre si allungano, Mats è consapevole che, dopo tutto, ha lasciato la festa ben dopo mezzogiorno. Tuttavia, vuole ignorare il bagliore rosso dorato del sole che tramonta. Solo un'altra casa, la prossima deve essere quella giusta. O magari quella successiva...

Non vuole arrendersi, soprattutto dopo il fallimento alla gara, vuole disperatamente trovare un indizio su sua madre. Soprattutto perché potrebbe poi presentare la sua scoperta a Finja, dopo che lei si sarà rimpinzata di asparagi di mare. Forse allora lei sarà di nuovo più interessata a lui e a scoprire il loro passato insieme. Inizialmente lo aveva rintracciato nel mondo umano, voleva scoprire tutto quello che poteva sui suoi genitori, ed era anche pronta a lasciare Rulantica per sempre. E adesso? Dato che persino Exena la crede la salvatrice prescelta di Rulantica e la addestra per diventare una Guardiana della Fonte, Finja non ha altro in mente. Non si accorge nemmeno che Exena non si fida di lui per niente, anche se sono gemelli ed entrambi hanno una metà dell'amuleto di Frigg. Questi pensieri rendono la ricerca di Mats ancora più frenetica.

«Mrk, mrrrk!»

Quando ormai è troppo tardi, Mats nota che il cielo si è oscurato completamente. Senza passare per il crepuscolo. Alza la testa solo quando lo stridore diventa insopportabilmente forte.

«MRK, MRRK, MRRRRKK!»

Mats si agita, diversi uccelli volteggiano sopra il buco nel tetto dell'hydda. Le loro piume di colore nero profondo brillano. Con le ali spiegate, ognuno di loro è più alto di Mats, con un'apertura alare di due o tre metri. E come se non bastasse, ogni uccello gigante ha due becchi, uno pericolosamente appuntito e sottile come un pugnale, l'altro più grande, potente e ricurvo. Di colore giallo squillante, i becchi brillano sulle teste nere.

Come ha potuto dimenticarli: i Mauk neri! Finja lo ha avvertito, anche Snorri ha paura di loro, non conoscono né amici né pietà. E non è tutto, quelli che pensava fossero ammassi casuali di canne e paglia sono in realtà i loro nidi. Rangnakor non è più la città dei Vichinghi, ma degli uccelli giganti! Un grumo scuro spunta nel mucchio di canne proprio accanto a Mats. A un esame più attento, si rivela un grande uovo nero. Mats è nel bel mezzo di un luogo di cova... non si mette bene! I Mauk penseranno che non è solo un intruso, ma un ladro che cerca di impadronirsi della loro prole.

Non ha ancora finito di formulare il pensiero, quando il primo Mauk comincia già a tuffarsi in picchiata. Mats scarta di lato, tuttavia il becco appuntito lo colpisce sulla spalla sinistra e l'estremità ricurva del secondo becco gli taglia la pelle.

«Ahi!» ruggisce Mats.

Sente già la successiva beccata sulla schiena.

«Mrrk!» Con un grido trionfale, il suo avversario porta

via un brandello del suo maglione. Mats si mette in ginocchio e afferra la trave più vicina, facendola oscillare sopra la sua testa come un'elica. Colpisce uno dei suoi aggressori sull'ala e lo spinge fuori, ma immediatamente un altro Mauk si sposta e si tuffa in profondità. Mats avverte un dolore alla coscia, c'è un buco nei suoi pantaloni. La sua contromossa non è efficace, ce ne sono troppi, e altri Mauk cercano di entrare. Deve proteggersi in qualche modo per evitare di finire come un formaggio svizzero con mille buchi. Si guarda in giro affannosamente. Chissà se riesce a raggiungere quella panca laggiù.

Mats si raggomitola e rotola sul pavimento più velocemente che può. Sente crepe e schianti sotto di sé, un'ala gli sfiora il braccio, un becco lo colpisce proprio accanto alla testa.

«MRRK, MRRRRKKKK, MRRRRKKKK!»

Arrabbiati per non averlo colpito per bene, ma ancora più bramosi di attaccare, i Mauk si riorganizzano. Mats coglie l'occasione e si trincera sotto la panca, prendendo un altro tronco per difendersi. Non è davvero al sicuro lì, ma offre meno superficie d'attacco di prima, inoltre i Mauk sono troppo grandi per strisciare sotto la panca fino a lui. Il prossimo Mauk prova a raggiungerlo, ma si limita a colpire il legno. Già altri due giganti si installano sul sedile direttamente sopra di lui e cominciano a beccare. Ogni scheggia di legno che estraggono rende Mats consapevole di una cosa: è in trappola! Perché anche dal lato più basso e stretto uno degli uccelli si arrampica e si aggrappa alla fessura.

Mats deve allontanare i piedi più e più volte in modo che gli artigli affilati non gli taglino le suole. All'estremità della testa, avviene la stessa cosa, un Mauk lo scruta attraverso le sbarre, e appena vede Mats, spinge il becco nella sua direzione. Mats è minacciato da tutti i lati, si rannicchia, si fa più piccolo possibile ma ancora non riesce a evitare completamente gli aggressori. Se solo avesse ascoltato Venn e fosse uscito dalla città alla luce del giorno! Venn! Potrebbe salvarlo. Dovrebbe chiamarlo? Meglio di no, Venn non riuscirebbe ad arrampicarsi fino a lui, e potrebbe cadere. Mats non potrebbe mai perdonarsi di aver messo in pericolo l'unico amico che abbia mai avuto.

Non ci sono però altre vie d'uscita, anzi, un Mauk sopra di lui riesce a staccare un grosso pezzo di legno dalla panca, il suo becco penetra attraverso il buco e colpisce Mats all'altezza del petto, non abbastanza in profondità da ferirlo, ma cattura il nastro a cui è appeso il suo mezzo amuleto.

«No, no, non lo avrai, brutta bestiaccia», grida disperatamente, cercando di aggrapparsi al nastro. Troppo tardi, il ciondolo penzola nel becco del suo aggressore.

«Mrrrrr-KKK», trionfa l'uccello. I compari smettono per un momento di assediare Mats per esaminare il bottino. La pausa è sufficiente solo per un breve respiro, non ha scampo, prima o poi sfonderanno il suo rifugio e allora... che Frigg possa avere pietà di lui.

«MRK!»

Lo stridore concitato cessa come se fosse stato premuto

un pulsante. Mats scruta attraverso le fessure. Tutti i Mauk sembrano guardare in alto nella stessa direzione, ma non riesce a capire cosa. Un battito d'ali annuncia un altro uccello, poi le travi si piegano su Mats mentre il nuovo arrivato atterra sulla panca. Un artiglio, un po' più grande di quello degli altri Mauk, scava nel buco sopra il petto di Mats, ed è tutto ciò che può ancora vedere. Eppure, Mats sospetta che sia il capo dei Mauk, perché tutti gli altri hanno fatto silenzio. Se ha ragione, questo uccello gigante deciderà il suo destino: gettarlo per sempre al branco o mangiarselo per cena. Non può certo fare molto, non lo ascolteranno, ma deve almeno provarci.

«Non voglio farvi del male! Né rubare nessuna delle vostre uova.»

Cosa sta facendo? Cosa gli fa pensare di poter parlare con loro? A parte lo stridere, non capiva nulla della loro lingua, perché a parti inverse dovrebbe essere diverso? Il fatto che possa improvvisamente parlare con Venn deve averlo completamente confuso! Mats avvicina le gambe al corpo, piega le mani sulla testa e si prepara all'attacco finale. Come previsto, i Mauk si rimettono in moto. Mrk di qua, Mrk di là, tutti a battere sulla panca sopra di lui.

Finja pesca con le dita alcuni gambi di asparagi di mare dal grande guscio di calcare. Ne solleva uno e subito Snorri arriva da lei.

«Smm!», schiocca le labbra e afferra i migliori bocconi con i suoi sei tentacoli ogni volta che qualcuno lascia incustodito il suo piatto di vongole. Ma non importa. Oggi è un giorno di festa, anche per il piccolo polpo. Finja sorride a Kailani e a Bror, suo padre adottivo, che nel frattempo ha preso posto come ospite al tavolo d'onore. È meraviglioso passare di nuovo una giornata tutti insieme! Un perfetto giorno di ringraziamento di Odino. Beh, quasi perfetto. Se non fosse per la vittoria sfumata. Come ha potuto Exena fare questo a suo fratello? È stato chiaramente il primo a tagliare il traguardo. Ogni volta che Finja pensa di poter andare d'accordo con la condottiera dei Guardiani della Fonte, succede di nuovo qualcosa di stupido. Sembra quasi che ci si metta d'impegno per essere odiata da tutti! Anche se oggi ha incoronato il vincitore che la stragrande maggioranza della Città di Ghiaccio voleva.

Finja si vergogna di se stessa per questo pensiero, ma Mats non è particolarmente popolare nel mondo sottomarino. Almeno, non tra i giovani Guardiani con cui si stanno addestrando. Chissà perché? Lei va d'accordo con la maggior parte di loro. Con Ilai può competere in duello, lei e Xizir si danno consigli sulla magia dell'acqua e del ghiaccio, e Timur le dà ancora credito per averlo protetto da Usgur poco prima di lasciare Rulantica. Tuttavia, le manca Aquamaris. A volte la responsabilità che grava sulle sue spalle è troppo per lei. Vorrebbe poter tornare a essere semplicemente Aquina, la sirena, che poteva vivere alla giornata. Allo stesso tempo, è straordinario pensare che mamma Kailani e persino Exena contino su di lei per liberare un giorno Rulantica dalla maledizione. Insieme a Mats. Anche se Finja non sa di cosa Exena creda capace suo fratello, soprattutto dopo la gara di oggi. Sarebbe bello se un giorno fossero completamente liberi! Potrebbe vivere con Mats per un po' in città e per un po' ad Aquamaris, o viaggiare per il mondo...

«Jade e Orchid hanno chiesto di te», Bror irrompe nelle riflessioni di Finja.

«Come stanno?», chiede subito Finja.

«Bene» dice Bror, «Jade ha persino superato Larima nello skjol l'altro giorno.»

«Oh, mi sarebbe piaciuto esserci», si dispiace Finja. «Larima sarà diventata pallida e velenosa come la bava di rospo.»

«Finja!», la rimprovera Kailani, anche se con un tono decisamente mite. «Non è da te gioire dei guai altrui.»

«Non era rivolto contro Larima, sono solo felice per Jade», si difende Finja. «Mi mancano lei e gli altri, sai? Non tanto quanto voi, ma un bel po'», aggiunge rapidamente.

«Ti capiamo!» interviene di nuovo Bror. «Anche per noi è così.»

Kailani annuisce. «Parlerò con Exena più tardi. Deve solo lasciarti venire più spesso ad Aquamaris. Disciplina o meno, tu sei parte di noi tanto quanto lo sei dei Guardiani della Fonte. Se si occupa una posizione speciale si deve avere anche qualche libertà speciale!»

«E Mats?», dice Finja.

Kailani sbatte le palpebre per l'irritazione. «Può venire, naturalmente; è il benvenuto al Palazzo di Conchiglie come lo sei tu, lo sai!»

«Non sto parlando di questo», dice Finja. «Non hai preso le sue difese prima, quando Exena gli ha tolto la vittoria.»

«Questa è tutta un'altra cosa», dice Kailani. «Anch'io non tollererei se Exena si immischiasse nei miei affari ad Aquamaris. Ad ogni modo, nel suo regno devo accettare le sue scelte. Così abbiamo deciso molti anni fa.»

«A meno che non mi permetta di farvi visita. In quel caso metti in discussione le loro regole», insiste Finja. Sa di poter irritare Kailani con la sua insistenza. Per quanto desideri che il coprifuoco venga allentato, non riesce a dimenticare l'espressione ferita di Mats. Dopo tutto, è il suo gemello. Lei può sentire quello che sente lui, anche se purtroppo sempre più spesso hanno sensazioni diverse. Sembra contraddittorio, e lo è. Era molto più vicina a lui nello strano mondo umano, anche se il mondo sottomarino è molto più bello. Lei porta Mats con sé ovunque, ma lui dice poco o niente. È forse per questo che nessuno, tranne lei, si è reso conto di quanto sia gentile? Forse le cose sarebbero andate diversamente oggi se qualcuno oltre a lei avesse protestato contro la decisione di Exena.

Ma non può fare di più per lui, se nemmeno Kailani osa.

«Ah, Aquina», sospira Kailani.

«Finja», corregge dolcemente Bror, sospirando anche lui.

Finja guarda i due che ha creduto i suoi genitori per tanto tempo. Nessuno lo dice, ma è questa la differenza tra lei e Mats: quei dodici anni nei panni di Aquina.

Ora anche Finja sospira.

In quel momento Snorri si china a testa bassa nel guscio di calcare per prendere le ultime punte di asparagi. Quando si rialza, la ciotola si incastra sulla sua testa. Questo sembra dargli meno fastidio che a Exena, che invece cerca di strappargliela con rabbia.

«Se lo può scordare», ride Kailani, chiaramente sollevata dalla distrazione. «A Snorri è sempre piaciuto mettersi cose in testa, così a un certo punto gli abbiamo lasciato un elmo. Nemmeno Exena riuscirà a togliergli questa abitudine!»

«Caccerò quell'insolente polpo dalla mia città!», ruggisce Exena a capotavola, anche gli angoli della bocca di Usgur si contraggono sospettosamente.

Solo Finja avverte un dolore sordo nel petto e nello stomaco. Cosa succede? Non ha poi mangiato così tanto... No, c'è qualcosa che non va! Si guarda intorno inquieta. Dov'è Mats?

III

GRÅ

«MRK!»

Silenzio.

«Mrk, un umano. Con due gambe. Sono anni che nessuno viene da noi!»

Incredulo, Mats ascolta quelle parole. È tutto nella sua testa. Questa volta è davvero solo una voce nella sua testa. Con precauzione, chiede:

«Come fai a conoscere la mia lingua?»

La risposta è un'altra domanda: «Mrk, dove hai prrreso l'amuleto?»

È una storia lunga, pensa Mats. Dato che non è sicuro che il Mauk vorrà ascoltarlo per così tanto tempo, anche se non sta solo immaginando tutto, decide di tagliare corto.

«Da mia madre.»

Le travi sopra di lui cominciano a traballare pericolosamente, forse allentate dall'uccello gigante che rimbalza su e giù.

«Mrk, chi è tua madrrre?»

«Era», dice Mats tristemente. «Vivika Stenrokk.»

«Mrk, sforrrtunato!»

Ora Mats si dibatte sotto la panca.

«Tu, tu la conoscevi?»

«Mrk, potrrrebbe essere!»

«Io non l'ho conosciuta», dice di sfuggita Mats.

«MRK!»

La panca scricchiola e le travi premono sul petto di Mats.

«MRRRK!»

«Cosa dici?»

«Mrk, non era destinato a te, ma al mio storrrmo. Ti vogliono morrrto.»

«No, per favore, davvero non volevo...»

«MRK zitto, umano! Questo lo decido io! Ora vieni fuori, così posso vederrrti!»

Mats è combattuto. Perché dovrebbe lasciare volontariamente l'unico posto che gli dà una certa protezione?

Bum, il becco appuntito penetra il legno a pochi centimetri dalla sua testa come se fosse carta.

«MRRK! Non hai scelta!»

Il sudore scorre a fiotti dalla fronte di Mats. Qualunque cosa faccia, è in balia degli uccelli. Con quei becchi appuntiti basta un solo colpo. Ma alla lunga il suo posto sotto la panca non è comunque sicuro, questo lo sa. E almeno il Mauk conosceva sua madre, qualunque cosa significhi.

Mats stende con cautela le gambe. Come ha fatto a passare attraverso lo stretto spazio sotto la panca? O è diventato più grasso negli ultimi quindici minuti? Con un po' di sforzo e qualche abrasione, striscia fuori da sotto la panca. Esausto, rimane sulla schiena, strizzando gli occhi verso l'alto. Sopra di lui, sulla panca, è appollaiato un uccello gigantesco, che sovrasta gli altri in altezza; le sue piume non sono nere, ma grigie, come se si fossero sbiadite negli anni. Anche i suoi becchi non brillano quasi più, ma sono di colore giallo sporco con alcune scalfitture dovute alle lotte che senza dubbio ha combattuto e vinto. Non importa quanti anni abbia questo Mauk, la sua postura eretta e il suo sguardo che pervade ogni cosa non lasciano dubbi sul fatto che sia ancora il più forte e intelligente del suo stormo. Il vero re dell'isola di Rulantica. E lui, Mats, è sdraiato qui davanti a lui sulla schiena come un insetto indifeso.

L'uccello si china su di lui, i due becchi si avvicinano pericolosamente al suo viso. Solo ora Mats nota gli occhi penetranti, bordati di piume gialle come una maschera. Sottolineano il suo sguardo fisso da rapace, sotto il quale Mats si sente più piccolo di un topo. Non osa nemmeno sbattere le palpebre. La peluria del collo del Mauk si gonfia, soffia un po' d'aria attraverso il suo becco storto, scompigliando le ciocche di capelli rossi sulla fronte di Mats.

«Mrk, buon perrr te, sei uguale a lei! Anche se sei cambiato molto dall'ultima volta che ci siamo visti.»

Il Mauk grigio fa un balzo indietro per ispezionare Mats dalla testa ai piedi. Finora, gli altri Mauk hanno osservato lo spettacolo abbastanza tranquillamente, in cerchio intorno a Mats e alla panca. Ma non appena il

grande grigio si allontana un po' da Mats, un uccello nero arriva in picchiata, lo becca sulla pianta del piede e prova a infilzarlo.

«Ahi!» grida Mats.

Flap, flap... Mats sente i battiti d'ala più che vederli, ma soprattutto sente il movimento dell'aria. Gli passa sotto i capelli, sotto la schiena, e lo solleva.

Flap, flap... anche il Mauk nero ai suoi piedi sbatte le ali. Mats si libra a un metro da terra e non può fare nulla, strattonato avanti e indietro tra i due rapaci come un giocattolo.

«MRK!»

«Mrk!»

«MRRRKK!»

«Mrk!»

Anche senza parole, Mats capisce che si sta consumando una lotta di potere. Alla fine, l'attaccante nero è il primo a lasciarlo andare. Mats scivola di nuovo a terra. Il Mauk nero si libra in alto e lascia la stanza con un ultimo «Mrk!» Un paio di ali grigie si allargano su di lui. Mats cerca di leggere il volto dell'uccello immobile e gli occhi penetranti da rapace. Che cosa significa? Il più anziano lo ha salvato? O l'ha semplicemente reclamato come bottino? Il Mauk grigio solleva una delle sue possenti ali e tasta le lunghe remiganti con il suo becco appuntito. Poi fa penzolare un oggetto dorato davanti al viso di Mats.

«Mrk, è tuo!»

Esitante, Mats allunga la mano.

«Grazie. Vuol dire che non mi ucciderai?»

«Mrk, non ancorrra.»

Lentamente, Mats espira. Con le dita tremanti si aggrappa all'amuleto. Gli fa male il piede, ma tutto il resto sembra essere a posto. Con cautela, si mette a gambe incrociate e indossa l'amuleto intorno al collo. Ora occorre non perdere la testa! In qualche modo bisogna non fare arrabbiare questo uccello.

«Quindi conoscevi davvero mia madre?»

«Mrk, naturrralmente. Ho perrrmesso a Vivika di vivere in uno dei nostri migliorrri nidi dopo che lei...» Esita.

«Dopo che lei... cosa?» chiede Mats.

«Mrk, aspetta», dice il Mauk grigio, indicando i suoi sudditi neri, che continuano a guardare molto da vicino con le teste per lo più inclinate, pronti ad attaccare di nuovo Mats in qualsiasi momento se dovesse anche solo toccare le uova o torcere una piuma al loro capo. Il grigio si raddrizza.

«Mrk, non conoscono la vostrrra lingua, seguimi!»

Sbatte le ali una volta, ma si ferma prima di sollevarsi, osservando Mats mentre cerca di mettersi in piedi.

«Mrk, bipede...», gracchia sprezzantemente.

Invece di volare, saltella. Sorprendentemente agile nonostante le sue dimensioni e il suo peso, si fa strada con gli artigli attraverso le doghe di legno allentate e le fessure nei pavimenti. Già nella penultima capanna Mats ha difficoltà a tenere il passo.

«Aspetta, ehm, Mauk... per favore, non riesco ad andare così veloce!»

L'uccello gigante gira leggermente la testa. «Mrk, mi chiamo Grå. Se io posso camminare su due zampe, allora dovresti essere in grado di farrrlo anche tu!»

«Ma tu sai come muoverti nella città delle palafitte e io no», lo interrompe Mats.

«Mrk, come tua madrrre, sempre l'ultima parrrola!»

A malincuore, il grande uccello becca l'aria.

«Hai intenzione di dirmi perché l'hai lasciata vivere qui?», chiede Mats, ansimando mentre cerca di ridurre la distanza tra sé e Grå.

«Mrk, astuto come lei!» Sembra quasi che l'uccello gigante stia ridendo di lui. «Mrk, beh, forse hai il diritto di saperrrlo. Anche al rrre dell'aria può capitare un contrattempo. Durante un combattimento contrrro uno squalo, sono finito con entrambi i becchi bloccati nell'albero di uno dei rrrelitti sulla spiaggia d'orrro. Sai dov'è?»

Mats annuisce. Finja gli ha mostrato la spiaggia.

«Mrk. Ero seduto lì con il mio becco prrrincipale aperrrto, se l'avessi chiuso, la scheggia avrebbe perrforato entrambi i miei becchi. Con il becco aperrto, ero indifeso e destinato a morirrre di fame prima o poi.»

«Brutta situazione!» dice Mats.

«Mrk, e se fossi stato trrrovato da un giovane uccello forrrte del mio storrrmo, come quello con cui ho appena dovuto combattere, i miei giorni rrreali sarebbero presto finiti.»

Mats fa uno più uno. «Mia madre ti ha aiutato?»

Grå annuisce. «Mrk, era arrivata sulla spiaggia poco tempo prima, e nonostante la sua situazione, ha rrriconosciuto anche la mia. Tua madre... Vivika... era senza paura, amichevole e prrronta ad aiutare gli altri.

Una combinazione rara. Grazie a lei ho capito i vantaggi di avere mani e dita. Prrrima avrei preferito le nostre ali alle vostre braccia in qualsiasi momento.»

Mats si guarda le mani, le stringe in un pugno, allunga di nuovo le dita e le agita. Finora ha usato le mani come fossero una cosa ovvia, ma ora che ci pensa, in realtà può fare molto con esse, tenendo, tirando, spingendo, premendo, raccogliendo qualcosa, anche grattandosi il naso se necessario. I Mauk e molti altri animali non possono fare tutto questo.

«Però puoi volare», mormora.

«Mrk, il volo è insuperrrabile, a meno che tu non abbia un pezzo di legno nel becco», ammette Grå.

«Ma mia madre è riuscita a tirarlo fuori?»

Grå scuote le piume come se non gli piacesse ricordare. «Mrk, un tormento finito in agonia. Come ringraziamento, ho offerrrto a Vivika quella dimora laggiù...» indica con i becchi il margine dell'insediamento, «...nella quale entreremo tra un attimo!»

La curiosità si mescola alla soggezione che Mats nutre ancora nei confronti dell'inquietante uccello. Finalmente ha trovato qualcuno che può dirgli di più su sua madre!

«Mi piacerebbe molto capire come ha vissuto qui la mia mamma e cosa è successo esattamente!»

«Mrk, eravamo buoni vicini», sostiene il Mauk. «Avrei potuto anche porrrtarvi in volo nel mondo umano. Anche se mai un grrrande Mauk ha portato volontariamente un altro essere vivente sulla schiena. Ma ha preferito fuggire con te di nascosto, nella notte e nella nebbia.»

Il Mauk sbuffa sdegnosamente, e i suoi occhi brillano

di rabbia verso Mats, come se fosse colpa sua se sua madre è fuggita.

Deve inventarsi velocemente qualcosa per placare l'uccello gigante.

«Allora voi Mauk non siete vincolati alla zona delle tre miglia?»

Grå si raddrizza. «Certo che no, non ci siamo messi nei guai con gli dèi, e non è nostro compito prrroteggere quella fonte. Ora l'isola è nostra e non dobbiamo più condividerla!»

«L'ultima volta che io e Finja siamo stati sull'isola, abbiamo incontrato delle altre creature. Sembravano rocce, ma si muovevano.»

«MRK, gli stolidi troll di pietrrra! Li tolleriamo nei prati di fango e nelle pozzanghere finché non fanno danni, ma abbiamo noi il dominio su Rrrulantica!»

«Capisco», dice Mats, senza sapere cos'altro aggiungere.

Finora non sa cosa pensare del Mauk grigio. Grå, a modo suo, era grato a Vivika per averlo salvato. Ma Mats non riesce ancora a capire quale fosse l'atteggiamento di sua madre nei confronti di Grå. Lo trattava bene perché aveva un disperato bisogno della sua protezione o si fidava davvero di lui? Senza dubbio sta beneficiando di quel rapporto amichevole al momento, altrimenti Grå non lo avrebbe salvato dagli attacchi del suo stormo.

Tuttavia, quando Mats pensa agli amichevoli troll di pietra che hanno spianato la strada a lui e Finja senza troppa fanfara quando avevano urgente bisogno di raggiungere la fonte per proteggerli da Malus, è infastidito dal commento arrogante di Grå. E si vergogna, perché si ricorda che lui e Finja non hanno ancora ringraziato i troll, anche se ne avevano intenzione. La loro bella valle verde, inoltre, non aveva nulla a che fare con un prato fangoso. Al contrario, dai troll di pietra era tutto molto più pulito e ordinato che qui con i fieri Mauk, e non aveva paura di loro, anche se erano enormi. Farebbe meglio a tenere d'occhio i due becchi di Grå...

«Mrk, siamo arrrivati!»

Si trovano ai margini della città di palafitte e Mats rimane a bocca aperta per lo stupore. La casa non ha nulla, proprio nulla in comune con le baracche fatiscenti e in rovina che hanno attraversato finora. Le assi di legno sono ben levigate e ben inchiodate una accanto all'altra. Il tetto sembra essere stato dipinto di fresco con vernice bianca a base di calce, e dal tetto pende una targa che recita *Stenrokks Hydda*. Appena fuori dall'entrata si trova una specie di amaca fatta con pali di legno e una rete.

«Mrk, qui è dove tua madre si sedeva a guardare il mare, aspettando tuo padre.»

Mats annuisce, può immaginarsi quella scena, e si fa prendere dalla nostalgia. Tanto più quando scopre accanto allo stipite della porta, invece di un campanello, un cuore intagliato nel legno con scritto *Vivika ∞ Falor*.

Oh, se solo li avesse conosciuti! Entra, sentendosi più vicino che mai ai suoi genitori. Vivika ha tessuto una specie di zerbino con foglie di canna. Ecco dove Finja ha preso il suo talento per le trecce!

La capanna sembra molto diversa da qualsiasi casa in cui Mats è mai stato. Tutto è fatto di legno, sbozzato, senza ornamenti e finiture, ridotto alla funzione che ogni mobile deve svolgere... tranne una scrivania, che è totalmente fuori luogo con i suoi cassetti decorati, maniglie e serrature e gli inserti ornati.

Mats si siede subito sulla panca. Il tavolo di fronte a lui traballa quando Mats vi si appoggia perché due delle gambe di legno sono un po' più corte delle altre. Al centro del tavolo c'è un vaso. Con la punta delle dita accarezza attentamente le ammaccature sulla superficie. Sono state le mani di sua madre a modellare questo piccolo recipiente? Il piatto, la tazza di latta e le posate che giacciono accanto provengono presumibilmente dalle navi affondate. Recano uno stemma a forma di timone, il che conferma i sospetti di Mats.

«Dove ha preso l'arredamento mia madre?», chiede comunque a Grå.

«Mrk, ha fatto molte cose da sola con gli attrrrezzi della sua barca. Alcune di esse sono merci porrrtate dal mare, o Falor le ha ripescate per loro. Era felicissimo ogni volta che lei poteva usarrre qualcosa.»

Mats prova di nuovo una sensazione di sofferenza quando immagina suo padre che porge felice a sua madre il bollitore per il tè che pende da una catena di ferro sopra il camino. O la scrivania. Probabilmente prima apparteneva a un capitano, è gonfia in alcuni punti, ma è ancora sorprendentemente ben conservata. Come tutta la casa, d'altra parte. È evidente che è stata abbandonata un po' di tempo fa.

Più o meno dodici anni fa, poco dopo la mia nascita, intuisce Mats.

Tuttavia, si sente davvero a suo agio e sicuro. Quasi come se sua madre fosse appena uscita dalla porta.

«Mrk, non ho mai permesso al mio storrrmo di usare la casa come nido, nel caso torrrnassero», gracchia piano Grå.

I dubbi di Mats su di lui cominciano a svanire. Solo un vero amico farebbe una cosa del genere, e un amico di sua madre merita la sua fiducia. Sorride al Mauk grigio.

«Grazie. Sono contento di poterli conoscere almeno un po' in questo modo.»

«Mrk, fai pure, rrresta tutto il tempo che vuoi!»

Per tutto il tempo che vuole? Mats si accorge di quanto sia esausto, sente nelle ossa tutta la corsa e quella ricerca snervante. Il letto rivestito di lino nell'angolo posteriore lo chiama in modo silenzioso, ma ben udibile. Forse poteva distendersi per un momento, solo un po' di tempo così vicino alla mamma...

Finja

Finja ha il cuore in gola. Dov'è Mats? All'inizio pensava che si fosse ritirato nella sua torre di ghiaccio. Certo, avrebbe dovuto confortarlo. Non è stato giusto da parte sua godersi la festa: sapeva quanto lui aveva preso male la sconfitta. Però voleva anche poter essere felice per un po' senza avere la coscienza sporca. Tuttavia ora si sente a disagio... Ha un doppio senso di colpa per aver notato la sua assenza così tardi e per non averlo cercato subito nonostante il mal di stomaco. Ha continuato a fare festa e poi è andata a dormire nella torre di ghiaccio che condivide con le giovani Guardiane.

Poteva immaginare che Mats sarebbe scappato? Sì, avrebbe dovuto capirlo, perché Mats coglie ogni occasione per lasciare la Città di Ghiaccio, soprattutto quando è contrariato. Il letto vuoto non la sorprende.

«Hai visto Mats?», chiede a Timur.

Scuote la testa. «Non da quando Exena lo ha mortificato dopo la gara di ieri.»

«È stato così...» Ingiusto, Finja vorrebbe dire, ma l'alzata di spalle di Timur la ferma.

«Halvor è un degno vincitore», dice seccamente.

Questi Guardiani della Fonte, sempre con la loro dignità e onore, pensa Finja, ma ora non ha tempo per discussioni approfondite, con uno come Timur, poi.

«Sai dove potrebbe essere?»

«Non si sa mai con tuo fratello. Prega Odino che Exena non se ne accorga!»

«Che scoperta», ringhia Finja, «c'ero arrivata anche io».

Normalmente le piace Timur, ma in questo momento

non sopporta i suoi modi sempre obbedienti. Tuttavia, ha ragione, ha bisogno di trovare Mats, il prima possibile.

Mentre si allontana dalla torre di ghiaccio dei ragazzi, Snorri si fa strada verso di lei.

«Snorri, arrivi proprio al momento giusto. Mi aiuti a cercare Mats?»

«Snr!»

Snorri annuisce e insieme attraversano il campo di battaglia, lasciando Vinterhal alla loro sinistra, infine arrivano alle grotte dei Kelpi. Questo luogo è più selvaggio e incontaminato rispetto al resto della Città di Ghiaccio ed è il più amato da Finja. Tra le stalattiti si sente inosservata e ha tempo per pensare e a volte anche per sognare a occhi aperti. Quanto è cambiata la sua vita da quando non solo Kailani, ma anche Exena, sebbene a malincuore, preparano lei e Mats a liberare un giorno Rulantica e il Popolo del Mare dalla loro maledizione. Gli Uomini sono ancora odiati dalla condottiera dei Guardiani della Fonte, perché bramano la vita eterna che l'acqua promette. Ma poiché Finja e Mats sono stati in grado non solo di tenere Malus lontano dalla fonte, ma anche di impedire a Svalgur di divorare l'isola, Exena è disposta a interpretare la profezia di Frigg un po' diversamente.

«Appartenete per metà al Popolo del Mare» pensa, «Avete dentro di voi la nostra natura originaria, ma anche lo spirito del mare. Vi insegnerò quello che so e spero che voi possiate davvero porre fine alla maledizione!»

È per questo che Finja e Mats devono imparare tutto sulla magia dell'acqua e del ghiaccio, combattendo con i bidenti e lo skjol delle Sirene. Finja vuole realizzare la profezia. Ad ogni costo. Al contrario di Mats, che non riesce a immaginarsi un destino predeterminato.

«Il futuro è la conseguenza delle nostre scelte», afferma sempre. «Nessuna divinità di quindici secoli fa avrebbe potuto prevedere ciò che avrei o non avrei fatto!»

Finja non è d'accordo, deve avere un senso il fatto che lei e Mats appartengono al Popolo del Mare solo per metà e che possono muoversi perfettamente non solo sott'acqua ma anche sulla terraferma, e persino uscire dalla zona di tre miglia intorno all'isola.

L'idea piace a Finja, e la spinge a imparare tutto ciò che prima le sembrava noioso e inutile. Con l'indice tocca l'ovale d'oro e ambra che porta al collo. *Verrà un giorno in cui metteremo fine alla maledizione*... e creeremo un nuovo inizio senza il peso di dover custodire la fonte. Possono farcela, Finja lo sente, se faranno tutto per bene. Oh, potrebbe convincere Mats, ma lui è stato troppo a lungo nel mondo degli Uomini e pensa come un umano, non come un appartenente al Popolo del Mare. Verrà quel momento, si rassicura Finja. Fino ad allora si limiterà ad imparare per entrambi. Se solo non fosse sempre così ritroso.

«Snr-rr», canticchia Snorri, fermandosi davanti a una grotta di Kelpi.

«Ottima idea!» dice Finja, «Se qualcuno sa dov'è Mats, quello è Venn.»

«Sm, sm», dice Snorri, tenendo due tentacoli strettamente intrecciati.

«Vero, ma vale la pena provare!». Mette le mani a imbuto

e chiama nell'oscurità della grotta: «Venn! Ci sei?»

All'inizio, nulla si muove. Era ovvio che i due fossero scappati insieme. Eppure qualcosa si muove nell'oscurità e diventa rapidamente di colore rosso vivo. Venn si erge di fronte a Finja e la guarda in modo sprezzante. Per quanto ami Nir e vada d'accordo con Sleip e gli altri Kelpi, si sente sempre piccola e fragile accanto a Venn. Come suo fratello riesca a cavalcare quel Kelpi è un mistero per lei. Venn è distaccato, orgoglioso e feroce. Forse anche suo padre era così... Il Kelpi e il suo cavaliere di solito vanno d'accordo per un motivo. Finja cerca di allungare la sua coda di pesce il più possibile per sembrare più grande, ma la sua voce suona ancora stridula: «Mio fratello... Mats. Sai dove si trova?»

Venn allarga le narici e si avvicina a Finja. Oh no, vuole subito mandarla via! Con un'elegante capriola Snorri si mette in mezzo.

«Sno!»

Stende tutti e sei i suoi tentacoli come una stella. Venn allontana impercettibilmente la testa.

«Brrr!»

«Ss!»

I due animali si scambiano uno sguardo gelido. Finja fluttua impotente accanto a loro. È alla disperata ricerca di Mats, ma è chiaro che Venn non vuole tradirlo; non ha bisogno di capire i suoi suoni con precisione. Ma certamente lui sa dov'è Mats, e lei ne approfitterà. Afferra Snorri per uno dei suoi tentacoli.

«Lascia perdere, Snorri! Così non arriveremo da nessuna parte. Non riusciremo a risparmiare a Mats la punizione di Exena. È forte, sopravviverà in qualche modo...»

Snorri spalanca gli occhi. Oh, non voleva spaventare il suo amico polpo. Tuttavia il loro piano sta funzionando, perché anche l'atteggiamento orgoglioso di Venn si sgretola. È visibilmente combattuto, poi prende una decisione, esce dalla grotta e fa un cenno a Finja e Snorri con la sua coda di pesce.

Ha funzionato anche meglio del previsto, pensa Finja. Lei avrebbe seguito Venn anche di nascosto, meglio ancora se lui la conduce da Mats di sua spontanea volontà.

IV

NOTIZIE

Quando Mats si sveglia, è ancora buio. Non così impenetrabile come l'oscurità magica del Løp, ma la luce della luna fuori non è sufficiente per vedere altro che i contorni nella capanna. Non c'era una candela accanto al vaso? Mats si mette a sedere sul letto, tastando con i piedi nudi le assi di legno del pavimento. Bum, sbatte il ginocchio contro un oggetto duro... ahi! Non ha ancora molta familiarità con l'hydda di sua madre per orientarsi alla cieca.

Con le mani sente lo sgabello accanto al tavolo, quindi la candela non può essere lontana. Delicatamente, per non far cadere il vaso, Mats accarezza il piano del tavolo. Eccola! Le sue dita individuano l'esile oggetto rotondo e trovano senza sforzo lo stoppino in cima. Il problema è ben lungi dall'essere risolto. Una candela senza fiammiferi o accendino è inutile.

La vita a Rulantica ha molte insidie! Nel suo mondo umano, bastava premere l'interruttore e tutto si illuminava. A Mats non è mai mancata la luce elettrica sottacqua perché è così esausto la sera dopo le lezioni di Usgur che vuole solo dormire. Se ci fosse più luce, Usgur programmerebbe sicuramente un altro duello, un allenamento con il bidente o una lotta. Oppure ci sarebbe un corso aggiuntivo di Tiro delle frecce di ghiaccio ai bersagli lucenti, montati sulle pareti laterali di Vinterhal. Nel peggiore dei casi, ci sarebbe una frustrante ora extra di magia del ghiaccio con Exena, che non fa altro che sottolineare che Mats non riesce a evocare il più piccolo fiocco di neve, figurarsi un blocco di ghiaccio che immobilizza gli avversari per minuti o del ghiaccio piatto che fa scivolare qualsiasi aggressore.

Solo Exena riesce a padroneggiare la grande onda di ghiaccio. E anche Finja! Ciò le ha fatto guadagnare il rispetto e l'ammirazione di tutti dal primo momento. Ad ogni modo, i cuori di molti palpitano per lei anche senza questa abilità speciale, non ha nemmeno bisogno di fare magie. È sufficiente che inizi a parlare. Della Città delle Conchiglie. O della sua incursione nel mondo umano. Tutti i giovani Guardiani della Fonte pensano che sia un'eroina per essersi avventurata fin là, mentre lui, Mats, è ostracizzato perché ci ha vissuto. Non è giusto! Tuttavia, anche a lui piace ascoltare sua sorella che descrive la sua città, tutto sembra molto più divertente ed eccitante che nella realtà.

A volte ha un po' di nostalgia, ma non lo ammette, per non ferirla. Inoltre, ha trovato il mondo umano molto meno eccitante di prima. A parte la volta in cui Finja si era infilata nel capanno delle *Tre betulle*... le migliori settimane della sua vita.

Ora ha finalmente trovato la casa di sua madre e vuole subito guardarsi intorno senza aspettare l'alba. Sua madre doveva avere dei fiammiferi, altrimenti non avrebbe messo una candela al centro del tavolo. Tuttavia, questa intuizione intelligente non gli serve a nulla finché è troppo buio per trovarli.

«Accidenti, niente luce!» si arrabbia Mats.

Deve aspettare che si faccia giorno.

Si lascia cadere di nuovo nel letto e si accoccola tra le coperte. Chi ha lasciato tutte quelle piume per sua madre non doveva averne bisogno. Grå probabilmente non voleva lasciare la nuova arrivata al freddo. Avere amici con piume e lanugine ha i suoi vantaggi.

Finalmente, i primi raggi di sole danzano attraverso i lucernai e Mats può dare un'occhiata più da vicino alla stanza e soprattutto alla scrivania.

La prima cosa che gli capita tra le mani quando apre lo sportello è una scatola di fiammiferi. Stavano aspettando proprio lui! In realtà, ora dovrebbe tornarsene in fretta alla Città di Ghiaccio. Ma Mats resta, perché quello che trova nella scrivania è un tesoro ancora più grande di quanto aveva sperato la sua più fervida immaginazione quella notte. Davanti a lui c'è un calamaio con dell'inchiostro che nel frattempo si è asciugato, una lunga penna d'oca affilata e alcuni fogli di pergamena. Agitato, Mats sfoglia le pagine: vuota, vuota, vuota...

Che peccato! Espira profondamente, rendendosi conto solo ora di aver trattenuto il fiato. Sperava in qualche riga scritta da sua madre. È a questo che serve una scrivania, dopo tutto, per scrivere qualcosa, e certamente non aveva un computer, che avrebbe avuto bisogno di elettricità tanto quanto una lampada. A questo tavolo deve aver scritto la lettera a Johan Malus, di cui lui si è servito per attirarli nei sotterranei dell'ACE, e dalla quale Finja ha appreso il suo vero nome. Mats ha un'intuizione... proprio là aveva visto una piuma nera di Mauk! Come può essergli sfuggito? Mats si è sempre chiesto come quella lettera fosse arrivata a Malus. Sua madre non avrebbe potuto certamente mandarla per posta, nemmeno un postale avrebbe raggiunto Rulantica senza il corno di Loki. La madre l'ha affidata a un piccione viaggiatore decisamente fuori dal comune. Chissà se Grå ha inoltrato altre lettere di quel tipo al mondo umano? Deve chiederglielo subito. Con un tempismo straordinario qualcosa raschia sulla porta.

«Mrk!»

Mats apre e si scontra con il becco di Grå. Lo slancio lo spinge indietro di qualche metro nella casa.

«Oh», fa Mats.

«Mrk», dice Grå, «sei già in piedi?»

«Da un po'» dice Mats. «Cosa sai della lettera di mia madre?», sbotta subito. «L'hai portata tu a Malus, vero?»

Grå abbassa il capo. «Mrk, lei voleva assicurarrrsi che questo Malus smettesse di cerrrcare Rulantica.»

«Non ha smesso, purtroppo», dice Mats. «Ha scritto altre lettere?»

Grå graffia il terreno con i suoi artigli affilati e lascia tracce profonde. «Mrk, orrriginariamente c'era una seconda lettera per una donna.»

«Davvero? Per chi? Come si chiamava?»

«Mrk. Un nome umano», gracchia sprezzantemente. «Lungo e senza senso. Oppurrre... era un colore.»

Mats guarda con tensione la bocca dell'uccello, immobile. Fa fatica a capire se Grå sta riflettendo ancora o se quella era già la risposta completa. Contro ogni previsione, ha altro da dire.

«Mrk. Nero. Il colore dei Mauk, solo che non è nella nostra lingua.»

Mats riflette. Nero, nero, black... Ah! Francese! Noir! Mats conosce una donna con quel nome. Ma difficilmente poteva essere lei. Mats ricorda molto chiaramente i commenti pungenti su sua madre. Le due erano più probabilmente nemiche, e non due amiche che si scrivevano lettere.

«Catherine Noir, la direttrice del Krønasår. Dovevi portare a lei la lettera?»

Grå arruffa le piume. «Mrk, può esserrre, è passato tanto tempo.»

«Che aspetto aveva?»

«Mrk, non l'ho mai vista, tua madre ha cambiato idea poco prrrima.»

Mats si perde d'animo. «Peccato, perché non ha scritto altro...» Mats indica le pergamene.

«Mrk, la letterrra c'era! L'avevo già tra gli arrrtigli quando tua madre me l'ha rrrichiesta indietro.»

Mats sfoglia le pagine con il pollice. Sempre vuote.

«Forse l'ha bruciata o mangiata.»

«Mrk, tu mangi la pergamena?»

«No, no! L'ho visto fare in un film.»

«Mrk?»

«Oh, non importa, qualcuno ha ingoiato una nota in modo che nessuno potesse accidentalmente leggerla.»

«Mrk, tua madrrre aveva un nascondiglio per questo tipo di cose. Pensava che non sapessi nulla, ma i miei occhi vedono tutto!»

«Davvero? E dove?»

«Mrk, ora che lo sai, sono sicuro che lo trrroverai. Devo torrrnare al mio stormo, inizia la caccia mattutina!»

Mats vorrebbe sapere cosa intende per nascondiglio. Ma l'uccello affina il suo ampio becco sullo stipite della porta, confermando che la sua volontà di parlare è finita. Con un balzo è fuori e Mats sente solo il battito delle sue ali possenti. Eppure, gli ha dato un indizio prezioso.

Mats si rimbocca le maniche e parte alla ricerca. Inizia dalle assi del pavimento. Le controlla una per una, ma sono strette, come appena incollate. Poi, scava nel materasso di paglia, nel letto di piume e nel cuscino. Quando ha finito, sembra un Mauk spelacchiato, ma non c'è traccia del nascondiglio di sua madre. Non c'è un vero e proprio armadio, solo qualche mensola sul muro. Non nascondono nulla, né la pesante pentola di ghisa né la catasta di legna da ardere. Mats rovista con un attizzatoio anche nei resti di cenere. Nessun risultato! Forse Grå si è sbagliato. Oppure sua madre ha portato con sé i suoi segreti quando ha lasciato Rulantica con lui e Finja. Non ci sono neppure abiti né oggetti personali.

Mats si appoggia allo sgabello. È stupido essere delusi, dopo tutto ha trovato più di quello che si aspettava su sua madre. Eppure c'è un pensiero che non lo lascia in pace. Grå sembrava sicuro del nascondiglio, quindi deve essercene uno! Forse sarà vuoto, ma finché non lo vede con i suoi occhi, non può rinunciare. Il suo sguardo vaga per la stanza e improvvisamente si blocca. Perché non ci ha pensato prima?

V

MATS VS FINJA

Mats si alza di scatto. Cos'era quel rumore fuori dalla porta? Il becco di Grå grattava in modo diverso: questo è...

La porta si apre con una spinta.

«Mats, sei qui?»

Finja entra, malferma sulle gambe, sembra determinata, ma i suoi passi sono ancora un po' traballanti. Indossa i vecchi pantaloni di Mats e la sua maglietta bianca, che è ancora un po' troppo grande e troppo lunga per lei. Deve aver preso dell'attrezzatura extra per la sua escursione a terra. Sopra di lei, Snorri striscia lungo lo stipite della porta verso l'interno.

«Un po' fuori allenamento, eh?» dice Mats, indicando le gambe di Finja.

«Tutto il contrario di te!», risponde subito Finja. «Finirai per dimenticarti come si nuota!»

«Potrò sempre lasciarmi trasportare da Venn, come sosteneva Exena.»

«Farai l'offeso per sempre?»

«Cosa intendi con "per sempre"? È successo solo ieri!»

«Sai cosa voglio dire.»

«Tutto quello che so è che la vittoria è stata tolta a me e a Venn, e nessuno ha fatto niente!»

«Ci ho provato, no?»

«Sì, fino a quando non è iniziata la festa.»

«Sei ingiusto!»

«Ah, io?» Ed Exena allora?»

«Ci taglierà la testa se non torniamo indietro il più velocemente possibile. Quindi andiamo!»

«Non ti interessa nemmeno sapere dove siamo?»

Mats allarga le braccia e indica la stanza. In effetti, Finja comincia a riconoscere qualcosa. «Qui... qui... Sto impazzendo... È qui che viveva la mamma?»

Orgogliosamente, Mats annuisce.

«Come hai trovato la casa?»

Finja passa da un angolo all'altro, tasta il pavimento, il tavolo, il letto, il camino, proprio come ha fatto ieri Mats. Vuole vedere tutto e subito e si scorda del suo proposito di andarsene. Snorri fa acrobazie accanto a lei e afferra subito il vaso per metterselo in testa, ma poi riprende l'elmo. Quindi afferra il grande cucchiaio di legno e lo fa tamburellare sulla padella e sulla pentola.

«È incredibile, vero? È come se fosse ancora qui», esclama Finja.

Mats annuisce, sorridendo tra sé, se sapesse cosa ha scoperto...

«Ho dormito nel suo letto, è stato fantastico.»

Finja gli si avvicina e gli prende la mano.

«Sono felice che tu abbia trovato la casa della mamma.

Ho un po'... non so... perso di vista alcune cose. Oh, Snorri, dacci un taglio!»

Snorri vuole finire il suo assolo di batteria.

«Snorri!» grida Finja, «continua fuori!»

Snorri mette il broncio, poi afferra le pentole ed esce sulla veranda. Naturalmente, continua a farsi sentire. Ma Mats non può più trattenersi, la rabbia verso sua sorella è svanita e dice:

«Non hai ancora visto la parte migliore. Là, nella scrivania, ho trovato uno scomparto segreto. E indovina un po', c'era una lettera che Grå avrebbe dovuto consegnare...»

«Chi è Grå?»

«Il capo dei Mauk, era amico di mamma.»

«Amico? Mamma era amica di un uccello mostruoso?»

«Finja, per favore, abbandona i pregiudizi del Popolo del Mare e ascolta la mia storia!»

«D'accordo, ti ascolto.»

«Beh, nostra madre ha scritto una lettera, ma non l'ha mai spedita, e io l'ho trovata!»

«Fammi vedere, fammi vedere!» grida Finja, cercando di afferrare la pergamena che Mats tira fuori da dietro la schiena. Ma Mats la fa oscillare in alto nell'aria.

«Tanto non la sai leggere. Quindi ascolta!»

Finja per una volta fa come dice Mats. Si siede sulla panca e si morde il labbro, in attesa. Snorri continua a suonare le pentole fuori dalla porta, aggiungendo drammaticità alla performance di Mats.

Lentamente apre la lettera e si schiarisce la gola.

La bocca di Finja è spalancata.

Cara Catherine,

mi dispiace che sia passato così tanto tempo dall'ultima volta che hai avuto mie notizie. Sono successe tante cose... tutte vere! Rulantica esiste, proprio come abbiamo sempre supposto. Non ho scoperto l'elmo, ma il corno di Loki. Sfortunatamente, Malus era proprio alle mie calcagna. Non ho osato portare il corno al museo. Conoscendo Johan, avrebbe trovato un modo per rubarlo. Ecco perché l'ho tenuto al sicuro nell'unico posto in cui mi ero assicurata che non potesse seguirmi: l'isola. E così la chiave è ora nel posto che dovrebbe chiudere. Senza di essa, Malus non può entrare, non possiamo rendere Rulantica più sicura di così.

In realtà, volevo tornare da te, per spiegarti tutto personalmente, ma... oh, Catherine, cosa posso dirti, è andata diversamente. Ho trovato l'amore della mia vita qui, tra tutti i posti, sull'isola che abbiamo cercato per così tanto tempo. Falor appartiene al Popolo del Mare, e ho deciso di restare con lui per sempre.
Abbiamo due bambini meravigliosi: Mats e Finja.

L'unica cosa che mi dispiace è che non posso spiegarti tutto di persona. Se lasciassi Rulantica, non potrei più tornare, e questo mi spezzerebbe il cuore. Sto per depistare Malus, ma volevo dirti la verità perché so che con te è al sicuro. Ricordami con affetto e per favore distruggi questa lettera dopo averla letta, in modo che nessuno possa venire a conoscenza dell'isola in futuro.

Ti ringrazio, con eterna amicizia

Tua, Vivika

«Pensi che abbia scritto questa lettera alla Catherine che conosciamo?»

«Sarebbe una strana coincidenza se nostra mamma avesse conosciuto una seconda Catherine, no?»

«Sì, ma ti ricordi la terribile Madame? Quanto era cattiva?»

Mats se lo ricorda... come se fosse stato ieri e non diversi mesi fa. Madame Noir definì la madre una scienziata poco seria, che meritava di annegare in mare.

«Parla chiaramente di un museo, quindi può significare solo Krønasår.»

Finja annuisce. «Eppure, trovo strano che nostra madre scriva con gentilezza a una donna che parla così male di lei.»

È vero, il disprezzo della direttrice colpì profondamente lui e Finja all'epoca. Cominciarono a nutrire dei dubbi. Forse la madre era venuta davvero a Rulantica per bagnarsi nella fonte della vita e diventare così immortale.

«Ma questa lettera prova che Catherine Noir aveva torto!» Mats indica le righe. «Mamma stava cercando di tenere il corno di Loki al sicuro da Malus!»

«Beh, la bella direttrice aveva un'altra opinione», sbuffa Finja.

Mats sorride. «Logico, non ha mai ricevuto la lettera!»

«Non è una buona ragione per essere così cattivi!», ribatte Finja.

«Pensaci. Le due hanno fatto delle ricerche insieme, scoprendo che il corno di Loki è necessario per eliminare la nebbia intorno a Rulantica e trovare l'isola. Probabilmente hanno capito insieme dove cercare il corno. Poi la mamma se ne va e invece di tornare dalla sua amica al museo con il corno, scompare nel nulla!»

Finja capisce tutto. «Forse aveva saputo da Malus che Vivika gli aveva rubato il corno da sotto il naso.»

«...e con questo, le fu chiaro che la sua amica e collega l'aveva tradita!»

«Allora non c'è da meravigliarsi del suo disprezzo», conclude Finja.

«Mamma ha persino messo in gioco la sua reputazione per continuare a proteggere Rulantica», afferma con orgoglio Mats.

Finja annuisce. «Sembrerebbe proprio così.»

Mats si alza in piedi. «Sistemeremo tutto! Possiamo fare in modo che nostra madre recuperi il rispetto che merita, perlomeno quello della sua collega!»

«Cosa hai intenzione di fare?», chiede Finja.

«Io... noi ci occuperemo di ciò che Grå non ha fatto. Consegneremo la lettera a Catherine Noir!»

«Sei pazzo?» chiede Finja, agitata.

«Perché?»

«Beh, prima di tutto, Exena non ci lascerà mai andare. E in secondo luogo, non devono esistere prove dell'esistenza di Rulantica nel mondo umano. Nemmeno per ripristinare la reputazione di nostra madre.»

«Ma, in fin dei conti, ha scritto che Madame Noir deve distruggere la lettera immediatamente dopo averla letta, non basta?»

«No, non è sufficiente. Altrimenti, perché pensi che nostra madre abbia cambiato idea e non l'abbia mai spedita?»

Mats esita. Non riesce a controbattere.

Accidenti, l'idea gli piaceva: fuggire per qualche giorno dalla rigida Città di Ghiaccio per fare un viaggio nel mondo umano con Finja... per una missione importante, naturalmente. Una volta convinta Catherine Noir delle buone intenzioni della sua collega, in cambio lei avrebbe sicuramente raccontato loro qualcosa sulla madre.

Grazie a Venn, Mats ora sa molte cose sulle preferenze e le abitudini di suo padre, e alcune cose gli sono state raccontate anche dai vecchi Guardiani della Fonte. Era biondo chiaro, come Finja, e insolitamente alto e meno pallido degli altri abitanti del mare perché aveva spesso nuotato in superficie, anche prima di incontrare Vivika. Si diceva che fosse un combattente coraggioso e un grande esperto di magia del ghiaccio, per il quale anche Exena aveva un certo rispetto. L'unica cosa che nessuno può o vuole davvero dirgli è come è morto suo padre.

Su sua madre, d'altra parte, Mats ha sentito solo le poche affermazioni di Malus, e in qualità di avversario non era una fonte particolarmente obiettiva. Un'amica o una collega sarebbe molto meglio.

Mats china il capo: la sua grande idea è scoppiata come una bolla di sapone. Questa volta Finja si accorge di quello che sta succedendo dentro di lui e gli mette un braccio intorno alla spalla.

«Non essere triste! Ora abbiamo la casa. Prometto di scappare con te il più spesso possibile per passare del tempo qui. Inoltre, Kailani vuole parlare con Exena per consentirci di andare più spesso nella Città delle Conchiglie.»

«Come se, invece di andare là, tu venissi qui con me», dice amaramente Mats. «Tu hai una famiglia adottiva, a differenza di me. Voglio almeno sapere il più possibile sui miei genitori.»

«I nostri genitori», lo corregge Finja. «E il tuo posto è qui tanto quanto il mio, fratellino! Dobbiamo tutti proteggere Rulantica, o ti sei dimenticato di Svalgur?»

No, Mats non ha dimenticato il serpente gigante. Naturalmente, non vuole avere su di sé la colpa di aver fatto inghiottire Rulantica con tutti i suoi abitanti.

«Ok, hai vinto, Madame Noir non riceverà la lettera. Ma la terrò con me come ricordo, se non ti dispiace.»

Con un sospiro profondo, arrotola la pergamena, la fa scivolare in una bottiglia vuota che ha trovato sul ripiano della cucina e la chiude con cura.

«Lasciala qui. L'importante è che *noi* ora sappiamo che nostra madre non aveva le stesse cattive intenzioni di Malus», dice Finja.

«Mmm», borbotta Mats, convinto solo a metà.

Il rullo di tamburi sulla veranda finisce e Snorri rientra nella stanza ballando. Lancia a Finja prima il cucchiaio e poi la pentola e la padella, una dopo l'altra. Abilmente, Finja li prende tutti e tre e li rimette a posto.

«SN, SN, SN!» ridacchia Snorri, battendo sulla porta.

«Snorri ha ragione», dice Finja, «dobbiamo davvero tornare alla Città di Ghiaccio ora!»

«Hai capito cosa sta dicendo Snorri?» chiede Mats.

«Più o meno, ma tu lo sai.»

«Beh io...», inizia Mats, ma poi si interrompe perché Finja lo spinge fuori. Le dirà più tardi, quando ha meno fretta, che ha iniziato a parlare la lingua di Venn. Fa comunque scivolare velocemente la bottiglia nella manica. Questa è la sua scoperta, vuole tenerla, non importa cosa pensa Finja.

Venn oltrepassa la porta della Città di Ghiaccio, Mats e Finja si nascondono dietro il suo corpo. La guardia alza a malapena la testa.

Lo sapevo, pensa Mats, non manco a nessuno.

Silenziosamente le torri di ghiaccio si ergono davanti a loro. Anche sul campo di battaglia tutto è tranquillo, quasi troppo. Sulla città aleggia un'atmosfera ignota a Mats.

«È sempre così deserto il giorno dopo il Løp?» chiede a Finja inconsciamente a bassa voce per non svegliare nessuno.

«Come faccio a saperlo? È il primo anche per me», risponde Finja.

Accanto a loro, Venn nitrisce: «Non ho mai avvertito uno stato d'animo come questo».

«Snb!», Snorri solleva due tentacoli e si aggiusta l'elmo come se avesse bisogno della sua protezione.

Prima che Mats possa fare altre domande, la superficie di ghiaccio bianco latte del campo di battaglia sotto di loro comincia a cambiare, il ghiaccio pulsa e diventa cristallino e trasparente come il vetro. Ora mostra dapprima ombre indistinte, tre esseri di diverse dimensioni che si muovono nel mare... le immagini si fanno sempre più nitide. A Mats ricordano un film sul grande schermo.

Ora Finja, Venn e Snorri si vedono chiaramente e in primo piano, nuotano verso l'isola, Snorri corre a riva, il Kelpi e la ragazza hanno le gambe. Snorri aiuta Finja ad alzarsi, poi tutti e tre camminano verso la città di palafitte. Qui l'immagine in movimento si interrompe. Incantati, i quattro continuano a fissare l'area sotto di loro, ma non arrivano nuove immagini che mostrano l'incontro nell'hydda di Vivika. Invece, Usgur appare dal nulla proprio davanti a loro e inizia a sbraitare.

«Cosa ci facevi sulla terraferma, Finja?»

Finja evita di guardare Mats, ma lui avverte il suo nervosismo. «Nulla di importante», balbetta.

«Quindi non è importante se infrangi le nostre regole?»

«Ho solo... ho pensato che il giorno dopo la gara...»

«Ah, pensavi che non saremmo stati attenti dopo il Løp! Ti sbagli, siamo sempre all'erta!» Il viso duro e spigoloso di Usgur si avvicina a quello di Finja, i suoi occhi si stringono fino a diventare due fessure. «Pensi che le regole non si applichino a te perché sei speciale? Va bene. Vuoi i diritti di una studentessa scelta? Ora potrai mostrarci in un combattimento pubblico se puoi effettivamente concederti qualcosa di più di una principiante! Si combatte con armi affilate. E tu gareggerai contro... Ilai!»

VI

DUELLO

Quando escono dalla visuale, tra le torri di ghiaccio, Mats non riesce più a trattenersi. «Devi ritirarti! Non è una punizione, è un suicidio! Ilai è davvero brava, e ti annienterà per mostrare a tutti quello che sa fare!»

«Non posso», dice Finja. «Se non gareggio, sono sicura che mi butteranno nella fossa delle murene o direttamente in pasto ai grandi squali bianchi.»

«Non lo faranno, siamo bambini!»

Finja scuote la testa. «Questo non conta qui, non tra i Guardiani della Fonte. Tu lo sai!»

«Allora combatterò per te», dichiara Mats.

Finja dà a Mats un bacio sulla guancia. «È molto carino da parte tua. Ma tu hai ancora meno possibilità di me, devi ammetterlo.»

Mats annuisce. «Non importa. Hai infranto le regole solo a causa mia.»

«Ma in quelle strane immagini tu non c'eri.»

«Ma come è stato possibile? Sapevi che i Guardiani della Fonte girano dei video di sorveglianza?»

Finja guarda suo fratello come se stesse parlando in finlandese. «Girano cosa? La paranza? Ma di che parli?»

Mats deve sorridere brevemente nonostante la gravità della situazione, come fa spesso quando Finja dà nuovi nomi alle cose umane, ma questa volta la gioia non dura a lungo. «Se mai torneremo nel mio mondo, ti porterò al cinema. Ma prima, andrò da Kailani per evitare questa punizione.»

«Lascia stare, o Kailani ed Exena finiranno per litigare di nuovo!»

«Sarebbe opportuno, quello che Exena sta facendo è veramente ingiusto. Anche nel mondo umano ci sono governanti che si comportano così, ma non piacciono a nessuno!»

«Comunque, non voglio che mamma ed Exena litighino per me!»

Usgur non lascia a Mats il tempo per decidere e ruggisce di nuovo: «Finja, affronta la tua punizione, subito!»

Finja si precipita immediatamente, così Mats non ha altra scelta che seguirla. Ora, la grande piazza davanti a Vinterhal è quasi piena come lo era il giorno precedente per la gara. Non solo i giovani Guardiani, che ora dovrebbero essere impegnati nell'addestramento, ma anche molti dei Guardiani più anziani allungano il collo con curiosità.

«Non hanno qualcosa di meglio da fare?» si chiede Mats.

Accanto a lui, Timur e Slander arrivano dai

loro alloggi al campo di battaglia.

«Da quando c'è un tale clamore per una semplice punizione?» si chiede Slander.

«Quando la punizione è destinata a una ex principessa delle sirene, sono in molti a voler vedere come se la cava», risponde Timur.

«Principessa delle sirene? Mi sono perso qualcosa?» si meraviglia Slander.

«Finja», Timur suggerisce.

«Bella sirena, buona combattente, talentuosa maga del ghiaccio», enumera automaticamente Slander.

Mats ha un urgente bisogno di coprirsi le orecchie. Non vuole sentire i tritoni sparlare di sua sorella, eppure continua a origliare.

Timur ride. «Tutto vero, ma è anche la figlia di Kailani.»

«Davvero? La nostra Finja è la loro Aquina?» Slander non può crederci.

«Perché era seduta accanto a Kailani nella tribuna VIP al Løp ieri?» chiede Timur.

«Me lo sono chiesto anch'io», ammette Slander. «Ma poi ho pensato che stava solo facendo il tifo per suo fratello, quella specie di rana pescatrice.»

In quel momento, entrambi si voltano e vedono Mats. Slander sorride, colto in fallo, e Timur balbetta: «Oh, ehi! Bella corsa ieri, Mats!»

«Posso prendermi in giro anche da solo», brontola Mats, rifugiandosi nella folla del Popolo del Mare perché non ha alcuna voglia di trovare scuse più educate.

Dietro una guardiana della Fonte più anziana, si sente

ragionevolmente al sicuro. I suoi capelli sono già grigi, così come la sua coda di pesce, a cui mancano alcune squame. Mats non ricorda il suo nome e, con un po' di fortuna, la cosa sarà reciproca. È abbastanza alta per nascondersi e allo stesso tempo riuscire a capire cosa succede sul campo di battaglia. Mats vede Finja, sembra piccola e fragile accanto a Usgur, come un filo d'erba accanto a un albero nodoso. Usgur ha più cicatrici di qualsiasi altro Guardiano della Fonte della Città di Ghiaccio, perché combatte sempre per primo quando è necessario. Come Exena, è uno dei pochi immortali che erano presenti quando la maledizione di Odino fu pronunciata. La sua ambizione di proteggere l'isola è eguagliata solo dalla sua spietatezza nel distruggere qualsiasi nemico di Rulantica, e questo è il suo obiettivo dichiarato per l'addestramento dei giovani Guardiani. Ognuno deve conoscere il suo posto, nessuno deve mai perdere di vista il proprio compito. Se Mats dovesse scegliere, non saprebbe dire chi teme di più, Usgur o Exena, che sa padroneggiare ancora meglio il suo elemento: il ghiaccio eterno.

Ma anche Ilai non è da sottovalutare. Non per nulla è una studentessa scelta e presto si unirà ai ranghi dei Guardiani della Fonte adulti. Si dice che spalmi quotidianamente dell'olio di pesce sulla coda argentea per renderla ancora più dura e impenetrabile, inoltre i suoi capelli non ondeggiano dolcemente nell'acqua come quelli di Finja, ma sembrano un elmo, lungo fino alle spalle. Probabilmente cosparge anche quelli con l'olio di pesce. Dalla sua espressione seria si capisce che non ci andrà piano.

Nel bel mezzo delle riflessioni di Mats, Usgur prende la parola: «Giovane Guardiana Finja... hai infranto le nostre regole e ti sei arrogata il diritto, riservato agli studenti scelti, di lasciare la città. Ora affronterai anche la battaglia come una studentessa scelta. Ilai, Finja, togliete le protezioni dalle punte dei vostri bidenti!»

Obbedienti, entrambe le sirene tolgono i tappi di corallo dalle loro armi.

«La prima a mettere a segno tre colpi vince il combattimento. Se sarai tu, Finja, d'ora in poi riceverai il diritto di Ilai di lasciare la città durante il tempo libero dagli allenamenti, e lei perderà questo privilegio. Tuttavia, se perdi in battaglia contro Ilai...», Usgur ora scandisce le sue parole con un sorriso sardonico, «... non potrai più lasciare la Città di Ghiaccio per tutta la durata del tuo apprendistato!»

La posta è alta, quindi anche Ilai darà il massimo, non regalerà di certo la vittoria a Finja. Entrambe le ragazze si mettono in posizione di combattimento con il bidente in avanti.

«Fermi!»

Un Kelpi galoppa e sfreccia attraverso l'anello di spettatori che Mats riconoscerebbe, come Venn, tra migliaia: Sleip.

Appollaiata sulla sua groppa, la voce decisa e tagliente di Exena mette immediatamente a tacere il mormorio intorno a sé.

«Ho saputo che la nostra ex cantante si è comportata male.»

Usgur annuisce e indica Finja con un ampio gesto

mentre Exena continua: «Beh, come allieva della mia cara amica Kailani, è ovviamente irragionevole aspettarsi che la nostra Finja combatta contro una studentessa scelta per avere il diritto di nuotare fuori dalla città!»

Bene, finalmente un discorso ragionevole! Exena metterà fine a tutto questo.

Ma il barlume di speranza di Mats viene stroncato sul nascere.

«Ecco perché sarò io a partecipare a questo duello!»

Mats non è l'unico a rimanere a bocca aperta, un mormorio incredulo attraversa la folla, che Exena ignora con calma. Scivola dalla groppa di Sleip, agita una mano verso Usgur perché le passi un bidente, e con l'altra scaccia Ilai dalla sua posizione. La studentessa scelta ci rimane male, ma libera subito il campo. Spaventata, Finja indietreggia di una coda di pesce. Mats vorrebbe urlarle di scappare, ma c'è troppa gente in giro. Exena inclina il suo bidente.

«Fammi vedere cosa sai fare!»

Senza alcun segnale di partenza, brandisce la sua arma verso il petto di Finja, che reagisce con agilità, scartando di lato e lasciando che l'attacco di Exena si perda nel vuoto. Dato che Exena deve recuperare il suo bidente, Finja ne approfitta. «Is», sussurra, e già una piccola freccia di ghiaccio lascia il suo indice e sibila verso Exena. All'ultimo momento, la condottiera dei Guardiani della Fonte riesce a schivarla.

«Vuoi combattere questa battaglia con la magia? E va bene!»

Exena alza la mano sinistra senza armi e spinge verso

Finja un torrente d'acqua che si congela in ghiaccio, poi scaglia un proiettile verso Finja. Lei si abbassa appena in tempo, ma il proiettile le sfiora i lunghi capelli chiari e ne strappa una ciocca.

«Ahi!» Finja si protegge la testa con le mani.

Exena ride di gusto.

Mats serra i pugni, è sul punto di dimenticare il codice d'onore dei Guardiani della Fonte che impone di non interferire mai in un duello e vorrebbe scagliarsi contro Exena!

Ma sua sorella recupera rapidamente la compostezza. Finge di continuare a tenersi la testa, ma le sue labbra formano una parola senza suono, e già una stella di ghiaccio vortica nell'acqua. È una di quelle stelle affilate che Mats ha evitato nella foresta di kelp durante il Løp. È davvero brava, sua sorella! Solo quando si arriva al livello avanzato si imparano le arti magiche. Anche Exena chiaramente non se lo aspettava, la stella riesce a superare la sua guardia e le fa un taglietto nella parte superiore del braccio. Questo fa arrabbiare molto la condottiera dei Guardiani della Fonte che urla letteralmente l'incantesimo: «Istjern! ISTJERN!»

In un istante cinque stelle di ghiaccio volteggiano verso l'avversaria.

«Skyll», grida rapidamente Finja, e uno scudo di ghiaccio bianco delle dimensioni di una ruota si forma davanti a lei, e quattro delle stelle rotanti rimbalzano su di esso. La quinta trova il modo di superare lo scudo e taglia la pinna caudale di Finja. Exena ovviamente vuole approfittare di questo momento di debolezza, ha di nuovo il bidente in entrambe le mani e lo spinge verso lo scudo di ghiaccio di Finja. Mats riesce a malapena a guardare. La vecchia Guardiana della Fonte di fronte a lui è completamente rapita dallo spettacolo e dà una gomitata al suo vicino, anche lui un veterano. «Hai visto, Arkon? Tiene duro, la piccola!»

Il vecchio annuisce: «Il suo stile è ancora grezzo, ma ricorda già chiaramente suo padre!»

«Ah sì, quel Falor! Era un combattente elegante», si rallegra la Guardiana.

Mats drizza le orecchie per capire se stanno dicendo qualcosa su suo padre che ancora non sa.

«Forse era persino troppo bello», obietta Arkon, «altrimenti, probabilmente non sarebbe diventato un traditore!»

«Ma cosa c'entra il suo tradimento con il suo aspetto?» dice scettica la Guardiana della Fonte.

«Perché pensi che quella umana si sia innamorata di lui?», bofonchia il vecchio.

«Quindi pensi che sarebbe ancora vivo se non fosse stato bello? Non ha senso, Arkon, spero che tu lo capisca!»

Arkon spiega: «Pensaci, se non fosse stato per la loro infatuazione senza senso, non avrebbero avuto figli, Vivika non sarebbe fuggita in segreto con loro, e Falor non sarebbe morto in duello.»

Mats trattiene il respiro. In duello? È la prima volta che ne sente parlare!

Sul campo di battaglia, Exena non è riuscita finora a superare lo scudo di ghiaccio di Finja. Proprio in quel momento fa un fischio a Sleip per raggiungere Finja dall'alto, alle sue spalle. Ma Sleip si rifiuta ostinatamente di andare contro Finja. Per quanto sia fedele a Exena, sembra che si ricordi ancora del tempo passato insieme a Finja nel mondo umano. La vecchia Guardiana della Fonte riprende la conversazione con Arkon.

«Hai tralasciato alcuni dettagli importanti, mio caro! Exena voleva uccidere i bambini e la donna prima che ci tradissero nel loro mondo e attirassero nuove persone alla nostra fonte. Ma è stato lo stesso Falor a insistere per il duello.»

«Ti stai ingannando, Brana», ruggisce Arkon. «È stata lei a dichiararlo un duello all'ultimo sangue, così da poterlo uccidere e liberarsi di lui per sempre!»

«Gli dèi hanno voluto così», dice la vecchia Brana.

«Gli dèi hanno voluto così», concorda Arkon.

Mats lo sa ormai, ogni volta che il Popolo del Mare finisce le proprie conoscenze, invoca gli dèi. Una scusa pigra, che non giustifica nulla! Soprattutto non la mostruosità che ha appena sentito: è stata Exena a uccidere suo padre! La stessa Guardiana della Fonte che in questo momento sta anche per...

Mats salta in piedi, vuole impedirlo! Spinge via Brana, completamente sbalordita, e si fa strada verso l'area di combattimento dove Finja ed Exena stanno girando l'una intorno all'altra. Altre due bracciate vigorose e può gettarsi in mezzo a loro.

Scoppia un applauso assordante. Ansiosamente, Mats scruta davanti a sé. È in ritardo? Quella strega ha ucciso anche sua sorella? Ma Finja è vivissima, il suo bidente minaccia il petto di Exena a pochi millimetri, mentre il bidente di Exena quasi punge il ventre di Finja, entrambe si fermano a metà del movimento con espressioni determinate.

Usgur interviene, passa accanto a Mats e annuncia ad alta voce e ufficialmente: «Entrambe le combattenti segnano il terzo punto contemporaneamente. Questo incontro di esibizione finisce con un pareggio!»

La folla applaude il risultato, e Mats si sente un idiota, fluttuando senza scopo nell'arena.

Exena fa un cenno a Finja e ritira la sua arma, dopodiché lei fa lo stesso con un sorriso luminoso.

«Bene, allora» dice Exena. «Non ti è ancora permesso lasciare la Città di Ghiaccio. Ma se vuoi, d'ora in poi mi occuperò io del tuo addestramento magico. Mi sembra che possiamo aspettarci molto di più da te!»

Quel lamantino arrogante pensa che sia un onore essere addestrato da lei? Iselin, che insegna ai giovani Guardiani la magia del ghiaccio, scuote spesso la testa per la mancanza di talento di Mats, ma è comunque mille volte preferibile a Exena. Finja la vede allo stesso modo e sicuramente declinerà l'offerta e allora Exena potrà congelare il suo sorrisetto compiaciuto!

«Grazie», dice Finja, «davvero, è un onore imparare da te!»

Non può dire sul serio! Mats cerca di fare un segnale a sua sorella, scuotendo violentemente la testa e gesticolando. Ma è inutile, Finja non vede i suoi gesti disperati. Si consola pensando che le dirà più tardi quello che ha appena sentito, e poi potrà ancora sbattere il suo stupido onore in faccia a Exena.

In questo momento però è sollevato dal fatto che lei abbia superato il combattimento tutta intera, e cadono l'uno nelle braccia dell'altro, al settimo cielo. «Sono così felice!», geme Mats, ma prima che Finja abbia finito di dire: «Io di più», i primi giovani Guardiani sono con loro.

Ci vuole un po' di tempo prima che Mats abbia la possibilità di parlare da solo con sua sorella. Praticamente ogni abitante della Città di Ghiaccio le dà una pacca sulla spalla e vuole farle i complimenti. Un pareggio contro Exena sembra una vittoria, anche Mats deve ammetterlo. C'è anche chi sussurra a porte chiuse che la condottiera potrebbe essere sostituita presto. Accoglie tali commenti con soddisfazione, se solo Exena non avesse interferito!

Finalmente Finja gli si avvicina poco prima delle grotte dei Kelpi, ancora euforica e con le guance rosse e brillanti.

«Mitico, non è vero? E doveva essere una punizione!»

«Avresti preferito che fosse andata come con nostro padre?», Mats non può più tenere la notizia per sé, anche se questo significa mettere fine all'allegria di Finja. Il suo viso cambia bruscamente espressione.

«Cosa vuoi dire?»

«È stata Exena a ucciderlo.»

«Oh.»

«Oh? È tutto quello che ti viene in mente, Finja? Ha ucciso nostro padre, faccia a faccia, a sangue freddo!»

«Quando l'hai scoperto?», chiede piano Finja.

«Quando? Poco fa, ma cosa importa...» Un'intuizione colpisce Mats come un pugno allo stomaco.

Finja abbassa la testa.

Fissa Finja come se la vedesse per la prima volta. «Lo sapevi e non me l'hai detto.»

Ora Finja annuisce.

«Perché? Perché mi hai tenuto nascosto qualcosa di così importante per tutto questo tempo?»

La risposta è un'alzata di spalle.

«Conosco i nomi dei tuoi amici di Aquamaris e i colori delle loro pinne caudali. Mi hai spiegato le differenze di dimensioni e di sapore di tutti i tipi di alghe, e mi hai nascosto le circostanze della morte di mio padre? Perché? Perché, perché, perché?»

«Quando ci siamo incontrati la prima volta e ti ho detto chi eravamo, parlavamo solo di mamma, perché volevo trovarti e scoprire di più su di lei perché...» Finja vacilla.

«Perché già allora sapevi cosa era successo a nostro padre...» conclude Mats, sbalordito.

Finja annuisce. «Bror mi aveva detto del duello, ma all'inizio l'avevo semplicemente rimosso, non volevo tornare a Rulantica e volevo lasciarmi comunque tutto alle spalle. Ricominciare da capo, con mio fratello.»

Lei gli sorride timidamente, ma l'espressione di Mats rimane di pietra. «E qui? Eri con me mentre chiedevo agli altri Guardiani della Fonte notizie su nostro padre.»

«Io... ho pensato, beh, ormai ti conosco, ed ero sicura che non avresti capito e poi saresti scappato di nuovo nel mondo umano», ammette finalmente Finja.

«Cosa c'è da capire male? Exena ha ucciso nostro padre. È un'assassina!»

«Hai ragione, ma lei voleva proteggere Rulantica, è il suo lavoro, proprio come tutti noi dobbiamo a ogni costo proteggere la fonte da chi vuole sfruttarla!»

«E tutto questo ti va bene?» ruggisce Mats. «Quella strega di mare molto probabilmente ha scatenato la tempesta di ghiaccio che ha ucciso nostra madre e poi ha ucciso nostro padre in un duello senza senso. E nonostante ciò tu scendi nell'arena con lei e la difendi anche? Vuoi persino essere addestrata da lei, l'assassina dei nostri genitori. Questo non è onore, Finja, è tradimento!»

«Adesso non esagerare! Non sono una traditrice solo perché gioco secondo le regole e voglio proteggere la mia patria!»

Ferito e arrabbiato, Mats guarda sua sorella. «È così che la vedi?»

«Sì, è così che la vedo!» Finja sporge il mento in avanti e incrocia le braccia davanti al petto.

Mats non dice altro, si allontana da Finja e la lascia sola.

VII

ADDIO A RULANTICA

«Venn! Venn, sei sveglio?», Mats lo chiama dolcemente nella grotta dei Kelpi. Non ha dubbi che il suo amico lo senta. Allo stesso modo, non ha dubbi che Venn sarà al suo fianco. Da quando ha litigato con Finja, il suo piano è diventato sempre più chiaro, e anche ripensandoci, non riesce a cambiare idea. Non c'è più niente che lo trattenga qui. Tranne Venn, che porterà con sé.

«Che strana visita notturna!» sbuffa il Kelpi con stupore.

«Sì, non c'è altro da fare...», dice Mats, improvvisamente insicuro. Non starà chiedendo troppo al suo amico?

Venn intuisce tutto subito. «Vuoi andartene.»

Non è una domanda, è un'affermazione, il che rende più facile per Mats essere d'accordo. «So ciò che Exena ha fatto a mio padre. Quindi non devi più proteggermi dalla verità. Voglio andarmene da qui. Il più velocemente e il più lontano possibile!»

«Vuoi che ti accompagni.»

Anche su questo non ci sono dubbi.

«Sì, per favore», dice Mats. «Non potrei andarmene senza di te.»

«E certamente io non resterò senza di te», dice Venn. «Allora è deciso.»

Eppure, è una strana sensazione salire sulla groppa di Venn e fare sul serio. Le poche cose che Mats ha raccolto durante il suo soggiorno qui le ha avvolte e legate all'interno del maglione, sopra di esso la bottiglia, a sinistra e a destra ha legato le scarpe. Ne avrà ancora bisogno. Indossa la maglietta bianca che portava sotto il maglione e i pantaloni con le molte tasche.

Un altro brevissimo sguardo alla città, che ricorderà come gelida in tutti i sensi. Proprio come il cuore di Exena, sempre che ne abbia uno. Cos'altro ha imparato qui? Il ghiaccio non è affatto bianco, ma brilla di un blu freddo. Per precauzione, Mats non pensa a Finja. Lei è la ragione per cui lui è venuto qui. Ora lei è la ragione per cui lui se ne va di nuovo, anche più della condottiera dei Guardiani della Fonte.

Una parte di Mats sperava che la guardia li fermasse, ma rimarrà delusa. Attraversano la porta senza problemi come sempre, senza che nessuno noti Venn, e Mats rimane accovacciato di lato, invisibile, come quando hanno lasciato furtivamente la città in passato.

Lui e Venn nuotano in silenzio, non c'è nulla da dire. È una delle qualità del suo Kelpi che Mats apprezza di più: Venn parla solo quando c'è qualcosa da dire, e sa tacere nei momenti in cui Mats sta inseguendo i suoi pensieri.

Per l'ultima volta intravedono appena la foresta di kelp e il profilo di

Aquamaris, solo perché gli occhi incandescenti di Venn emettono un po' di luce. Davanti alla nebbia tutto diventa visibilmente più luminoso. A Mats sembra che sia passata una vita, non solo qualche mese, da quando lui e Finja hanno attraversato il muro magico per raggiungere il regno dell'isola.

Non pensare di nuovo a Finja, si dice Mats. Vado da solo. Non ho avuto bisogno di nessuno per dodici anni, niente genitori, niente sorella, niente casa. Starò bene, e posso comunque trovare la mia strada attraverso questa stupida nebbia.

Mats è consapevole che, a parte lui e Finja, nessun altro essere umano o marino può superare la zona delle tre miglia in quel modo.

«I prescelti», sbuffa Mats in modo sprezzante. «Solo perché apparteniamo al Popolo del Mare solo per metà. Ma d'ora in poi, Finja può occuparsi di questa stupida maledizione senza di me!»

«Hai detto qualcosa?» chiede Venn.

«No» dice Mats. «Era solo un pensiero d'addio.»

«Allora tieniti forte alla mia criniera e chiudi bene gli occhi. Supereremo questa brodaglia bianca», Venn sbuffa. «Voi esseri umani perdete facilmente l'orientamento qui!»

Mats obbedisce, come ha fatto nell'oscurità. Nessuna voce questa volta, solo un bel po' di pressione sulle orecchie. Mats deglutisce. Non riesce davvero a capire quale sia l'alto e quale il basso, ma alla fine sono dall'altra parte della campana di nebbia di Loki.

«Possiamo salire?» chiede Mats. «Vorrei mettere la

testa fuori dall'acqua.» continua.

«Tu sopra, io sott'acqua», suggerisce Venn.

«Perfetto», pensa Mats.

Delicatamente Venn scivola verso l'alto, in realtà Mats si aspettava una volta stellata scintillante, invece arriva acqua anche dal cielo. Piove a catinelle. Fa un respiro così profondo che pensa che i suoi polmoni stiano per scoppiare, e rivolge il viso alle gocce di pioggia.

«Una doccia! Non ne faccio una da secoli», grida sopra le onde.

Mats non ricorda esattamente per quanto tempo abbiano nuotato dal suo mondo a Rulantica in passato, era stato troppo occupato a cercare di non cadere dalla groppa di Sleip. Si perde rapidamente la cognizione del tempo sott'acqua, allora come oggi. Ecco perché è ancora più sorpreso quando vede le luci artificiali di Hävenborg brillare sull'acqua quella stessa notte.

«Cosa farai nel tuo paese?», chiede Venn. «Hai dei piani o vuoi solo ritornarci?»

Mats cerca la bottiglia nel suo fagotto. «Prima ho qualcosa da fare e poi penserò a tutto il resto! Tu vieni?»

Venn scuote la criniera. «Il tuo mondo è troppo affollato per me. Preferisco restare nel mare. Ma ti aspetterò.»

Anche se Mats sa che è meglio non portare Venn in città, dove attirerebbe sguardi indiscreti alla luce del giorno, la sua decisione lo ferisce un po'. D'ora in poi è di nuovo completamente solo, come se Rulantica non fosse mai esistita e tutto fosse stato solo un sogno subacqueo. Pensieroso, mette un piede davanti all'altro.

Sente la sabbia sotto i piedi, poi l'erba e infine l'asfalto. Non si decide proprio a mettersi le scarpe. Come Finja. All'epoca. Il dolore diventa un po' più acuto...

Fortunatamente, il suo obiettivo gli si para davanti. Austero ed enorme rispetto a tutti gli edifici che esistono sopra e sotto Rulantica, eccetto la sala di Svalgur, la destinazione di Mats si erge davanti a lui: il Museo Krønasår. Ma per quanto la facciata di mattoni sembri invitante, è ancora chiusa a quest'ora, e Mats capisce di non avere un piano B. Guarda le teste di lupo sul portone d'ingresso, hanno gli occhi chiusi e nessuna espressione. Mats non ha altra scelta che aspettare. Che altro? Non vuole tornare all'orfanotrofio *Tre betulle*. Inoltre, non sarebbe potuto entrare nel bel mezzo della notte, e lì, esattamente come nella Città di Ghiaccio, non ha nessun amico su cui contare.

«Va bene, aspetterò!» decide Mats, accovacciandosi a gambe incrociate davanti al museo, appoggiando la nuca al muro di mattoni e facendo come i lupi.

Abbastanza vigile, anche con gli occhi chiusi, per reagire non appena qualcuno si avvicina.

«Ti conosco, giovanotto!»

Mats si spaventa. Si è addormentato? Ma dov'è? E chi... I baffi neri si arricciano sul labbro superiore come un grosso bruco... Frieso! L'orribile guardia del museo, che allo stesso tempo ha reso la loro vita un inferno come informatore e scagnozzo di Johan Malus! Mats scatta in piedi e cerca di scappare, ma Frieso è più veloce. Con le sue manacce afferra Mats per il polso e gli torce il braccio dietro la schiena.

«Resta qui! Mi devi delle risposte!»

Non è troppo difficile indovinare quello che Frieso vuole sapere, e va dritto al punto: «Dov'è Johan Malus?»

Mats riflette velocemente, di sicuro non può dire la verità: sembrerebbe una bugia più di una bugia vera. Difficilmente riesce a pensare a qualcosa di più credibile mentre il suo braccio viene slogato. Si limita a dire: «Ahi, mi fa male! Chi è lei?»

Non è una cattiva tattica quella di negare tutto, pensa Mats. Frieso la vede molto diversamente e torce il braccio un po' di più. «Pensi di darmela a bere, eh zoticone! Tu e la tua bella sorella siete scomparsi lo stesso giorno del mio capo. Vi ho cercato dappertutto. E ora ti presenti di nuovo e mi vuoi far credere di non sapere niente di niente?»

Mats si limita a fare spallucce, con l'unica spalla libera.

Così fa arrabbiare Frieso ancora di più. «Potresti ingannare un semplice guardiano del museo, ma non il presidente dell'Adventure Club of Europe!»

Anche se Mats non può vederlo alle sue spalle, nota che Frieso si raddrizza e si dà un contegno. Involontariamente, l'immagine di Malus gli balza in testa. Una canaglia astuta e megalomane, ma esteriormente un distinto gentiluomo con le migliori maniere, non come il suo scagnozzo, Frieso.

«Lei è il nuovo presidente dell'ACE?» sfugge a Mats incredulo.

«Una mera formalità, una volta che il destino di Malus sarà confermato», dice trionfante Frieso. «E tu mi aiuterai! Non vogliamo rischiare che quella Madame pretenziosa metta radici all'ACE!»

In realtà, Mats avrebbe dovuto intuirlo, Frieso non lo sta interrogando perché è preoccupato, ma solo per i suoi motivi egoistici. Per lui, tuttavia, è la stessa cosa: è bloccato in una morsa e non può muoversi. Cerca disperatamente di ricordare l'addestramento di Usgur: oltre a combattere con il bidente, insegna ai giovani guardiani a lottare. Mats non è il migliore tra i lottatori, ma non è nemmeno il peggiore. Chissà se è abbastanza bravo per Frieso.

«Continui a rimanere in silenzio? Allora io e te andremo all'ACE e tu ritornerai nella nostra cella. Dopo qualche giorno senza cibo né acqua, sono sicuro che mi dirai quello che voglio sapere. Oppure ci sono degli ottimi 'strumenti' storici che ti aspettano. Il Medioevo era pieno di risorse in questo campo!»

Ride sguaiatamente e porta Mats lontano da Krønasår verso la strada.

Finja

Finja si agita e si rigira nel letto. Non vuole aprire gli occhi e sbattere le palpebre nell'oscurità perché allora dovrebbe ammettere che non riesce a dormire. Suo fratello è più duro di un pesce osseo! Perché è l'unico che non festeggia il suo successo? Invece di rallegrarsi con lei, si lamenta. È perché non ha vinto il Løp? È per questo che non sopporta che lei possa tenere testa a Exena?

Una vocina interiore le dice che non è questo il punto. Mats non è così. Eppure, lui sta rovinando tutto ciò che è importante per lei. E questo è meschino! Per quanto riguarda Exena, ha ragione, è fredda come il ghiaccio ed è capace di qualsiasi cosa, ma a Finja non piace pensare allo scontro tra Falor e la condottiera dei Guardiani della Fonte. Anche se è stato suo padre a chiedere il duello. Si tratta di un diritto disponibile nel mondo sommerso per chiunque non sia d'accordo con una decisione. Ad Aquamaris c'è un'usanza simile, solo che lì i duelli si chiamano bi-skjol e sono una specie di gara di canto in cui non muore nessuno.

Chi dei due avesse dichiarato che il duello era una lotta all'ultimo sangue, Finja non lo aveva scoperto chiaramente fino ad ora. Alcuni sussurrano a porte chiuse che Exena aveva voluto liberarsi del ribelle Falor per sempre e in modo legittimo, altri come il padre adottivo Bror, invece, le hanno detto che Falor stesso lo aveva richiesto per vendicarsi di Exena per la morte di sua moglie e dei suoi due figli. Falor non sapeva che lei e Mats erano sopravvissuti, perché il duello era già finito e gli era costato la vita, quando Snorri la riportò nel mondo sottomarino. Finja sente il bruciore delle lacrime che le riempiono gli occhi. Nella vita quotidiana, di solito reprime la sua rabbia e si concentra sulle aspettative e le responsabilità che ha sulle spalle. Non importa ora se sa cantare bene uno skjol o evocare un vortice d'acqua. Mats pensa di avere una scelta, Finja sa che non ce l'hanno. Devono liberare Rulantica dalla maledizione, sono destinati a farlo da secoli, e quindi devono anche imparare da Exena tutto quello che lei può insegnare.

Ecco perché Finja non ha detto a Mats come è morto suo padre. Non voleva metterlo contro la condottiera dei Guardiani della Fonte. Ma ora ha dei ripensamenti. Avrebbe forse dovuto confessargli che anche il suo risentimento era grande? I duelli sono comuni nel mondo sottomarino, questo sì, ma Finja è sicura che liberarsi di un piantagrane è stato un vantaggio per Exena. Probabilmente non aveva calcolato che lei stessa avrebbe rischiato la vita.

Hai fatto bene, papà, pensa Finja. *Almeno le hai dato del filo da torcere! E a un certo punto, quando tutto lo spavento sarà finito, urlerò apertamente a Exena quello che penso di lei.*

Nel bel mezzo dei suoi pensieri, qualcuno le tira improvvisamente una ciocca di capelli. Ahi! Finja si appoggia sui gomiti, cercando il colpevole.

«Vieni fuori, Snorri! So che sei stato tu!»

«SNR», risponde.

«È notte fonda, girino, non puoi aspettare fino a domani?»

«SNR, SNR, SNRR!»

Ora è completamente sveglia. «Che è successo? È accaduto qualcosa a Mats?»

Snorri annuisce così tanto che anche nel buio si avverte il movimento della testa, e le tira il braccio. Finja non ci pensa due volte, per non svegliare le altre giovani guardiane, segue Snorri che nuota verso la torre di ghiaccio dei tritoni.

«Non mi è permesso entrare di notte, Snorri.»

Snorri si gira, toccando la metà dell'amuleto di Finja con un tentacolo, poi indicando la torre di ghiaccio e scuotendo tristemente la testa.

«Vuoi dire che non è più qui?»

Snorri annuisce e Finja riconosce la preoccupazione sul suo viso. Si sente invadere dalla rabbia. Non può essere vero. Proprio ieri ha dovuto affrontare Exena perché il suo fratellino ha insistito per passare tutta la notte nella hydda di mamma. E oggi è scappato di nuovo?

«Mi sta dando veramente sui nervi!», lo rimprovera Finja.

I tentacoli di Snorri turbinano nell'acqua, avvolgendo le spalle di Finja, per impedirle di nuotare via.

«Neanche per sogno! Vado a dormire!», annuncia Finja. «Sai molto bene che tutta questa storia dell'esercitazione e dell'obbedienza è difficile anche per me.»

Con un tentacolo Snorri le accarezza la guancia, con tutti gli altri continua a tenerla.

«Ho promesso a mamma Kailani che avrei sopportato l'allenamento nella Città di Ghiaccio per riscattare finalmente Rulantica!»

Snorri lascia andare Finja e il suo corpo diventa di un

nero inquietante, la minaccia con uno dei suoi tentacoli come fosse una spada.

«Sì, sì esattamente! Ci saranno sempre degli aggressori, come Johan Malus, e io devo imparare tutto quello che posso per metterli in fuga e sperare che alla fine la maledizione si spezzi, come ha profetizzato Frigg. Riguarda tutti noi. Ecco perché sto rinunciando alle escursioni a terra e alle avventure divertenti con te e mio fratello. Tu capisci, Snorri, vero?»

«Snr!» dice Snorri.

«E perché Mats non lo capisce? Perché rende tutto più difficile? Ma questa volta non gli toglierò le conchiglie dal fuoco!»

Snorri usa la sua ultima arma di persuasione. Si avvicina al viso di Finja, spinge il suo labbro inferiore in avanti e la implora con i suoi grandi occhi turchesi.

«Sn, sn, sn, sn!»

«Mi dispiace per te, Snorri. Non andrò a riprenderlo!»

VIII

NELLE GRINFIE DI FRIESO

Mats fa finta di seguire Frieso senza resistenza, gli dà giusto il tempo di allentare un po' la presa, poi si abbassa di colpo, come se gli cedessero le gambe. Frieso è così sorpreso che libera il braccio di Mats. Mats ci contava. Afferra le gambe di Frieso e getta tutto il suo peso contro di esse, cercando di abbattere il suo avversario. Funziona, Frieso inciampa e cade a terra accanto a Mats.

Mats cerca di scappare, ma più velocemente di quanto ci si possa aspettare per la sua età e la sua stazza, Frieso si rialza e afferra Mats per la vita, costringendolo a lottare. I due rotolano per terra, Frieso sta quasi per soffocarlo, Mats ha solo un braccio un po' libero. Ancora una volta gli viene in mente Usgur. «Il naso è un'area sensibile in tutte le creature, se non hai altra scelta contro un avversario più forte...»

Mats raccoglie le forze e colpisce il sensibile organo olfattivo di Frieso con il palmo della mano. Centro! Frieso strilla come un maiale. Lascia andare Mats e si tiene le mani davanti al viso, qualcosa di rosso gli cola tra le dita.

Questa è l'occasione giusta! Potrebbe fuggire, ma Mats non può fare a meno di fissare il sangue. È stato lui? Ha davvero picchiato a sangue un altro essere umano? Non prova una sensazione di trionfo o la gioia di aver finalmente vinto una battaglia, ma è nausea quella che gli sale dallo stomaco. Ora non è migliore di Bully e dei suoi scagnozzi Hauke e Lalle!

Troppo tardi, Mats si rende conto della differenza con i suoi ex arcinemici, che amavano attaccare soprattutto i più deboli: Frieso non è più debole. Mentre sta ancora gemendo e lamentandosi, una mano corre alla tasca dei pantaloni, trovando qualcosa che Mats scambia per un fazzoletto. Si apre, e prima che Mats se ne accorga, Frieso gli sta puntando una lama alla gola.

Una goccia di sangue finisce sulla maglietta di Mats, ma Frieso ha dimenticato da tempo il suo naso. «Basta con le sciocchezze! Ora è di nuovo il mio turno!» ride malignamente.

Ecco, pensa Mats. Sono e sarò sempre un perdente, in qualsiasi mondo!

Frieso, invece, è di ottimo umore: spinge Mats davanti a lui e fischietta in modo stridulo e falso. Krønasår è già qualche centinaio di metri dietro di loro, un'altra svolta e dovrebbe apparire l'edificio del misterioso club specializzato nel rintracciare tutti i miti e i manufatti dei secoli passati. I membri del club non si concentrano solo sulla plausibilità scientifica come il museo, ma innumerevoli misteri si intrecciano intorno agli oggetti conservati nei sotterranei dell'ACE. Tuttavia, Mats non ha alcun desiderio di languire in una cella, come ha minacciato Frieso, indipendentemente dal fatto che la prigione sia una rarità storica o semplicemente un buco buio e puzzolente.

Ma come farà a fuggire? Ora Frieso non si farà più prendere alla sprovvista da un nuovo tentativo di fuga. Al minimo movimento la lama del coltello gli trapasserebbe il collo. Mats sente il sudore colare in rivoli dalla fronte. Accidenti, come ci è finito in questa situazione?

Non è possibile raccontare a Frieso cosa è successo a Malus, poi dovrebbe menzionare anche Rulantica, e sicuramente darebbe al prossimo stupido il gusto di fare il bagno nella fonte per diventare immortale, se non altro perché l'ACE lo elegga presidente. Anche se Mats ha lasciato l'isola, continuerà a proteggerla. Ma ce la farà? E se Frieso ricorresse davvero a mezzi più drastici?

Devo inventarmi una storia! Una altrettanto o ancora più credibile, che spieghi la scomparsa di Malus e metta Frieso su una pista completamente sbagliata!

Il cervello di Mats lavora a tutta velocità, considera, soppesa, scarta e riflette da capo, così che all'inizio non se ne accorge nemmeno: la lama alla sua gola diventa sempre più fredda, quasi confortevole mentre lui è caldo e sudato. Ma poi la lama sembra congelarlo: dal collo sopra il mento fino alle guance il freddo sale. Anche Frieso avverte il cambiamento dell'arma nella sua mano.

«Ma... cosa sta succedendo? La mia mano! Aiuto, la mia mano si sta congelando sul coltello!»

Lascia andare il manico, per un momento la lama rimane incollata al collo di Mats, poi la freddezza scompare improvvisamente e il coltello cade a terra con un rumore sordo. Frieso lo guarda scettico, sembra un coltello normale e non si muove.

Mats si strofina le mani sul mento e sulle guance, solo ora se ne rende conto: è libero! Lentamente avanza di qualche passo per verificare cosa sta succedendo, ma Frieso ha occhi solo per il coltello. Tira su rumorosamente col naso e si pulisce le mani sui pantaloni, poi si china. In questo momento si avverte un sibilo e i pantaloni grigi dell'uniforme si strappano proprio sulla cucitura dietro. Inorridito, Frieso scatta in piedi, tasta il punto rotto, poi la cintura si allenta e i pantaloni scivolano giù.

Frieso li segue con lo sguardo. Per qualche secondo non riesce a credere di essere lì con le gambe nude. Poi si piega goffamente per tirarsi su i pantaloni. Nella fretta, il berretto con la visiera gli cade dalla testa. Con una mano ancora sulla cintura dei pantaloni, con l'altra cerca a tentoni il suo berretto, ma come spinto da una brezza invisibile, ogni volta scivola di qualche centimetro prima di poterlo raccogliere. Imprecando, Frieso cerca di afferrare il berretto, inciampando sui pantaloni e non si accorge che il coltello si solleva in aria e vola via.

Mats però se ne accorge, e deve trattenersi e reprimere un grido di gioia. Si guarda intorno.

Dov'è la testolina tonda e blu che lo ha appena salvato con il suo incantesimo di levitazione? Dietro un'auto parcheggiata scopre due tentacoli che dirigono il coltello e il berretto, che Frieso segue incespicando. Ora o mai più! Anche Mats scatta e si mette al riparo dietro la macchina. Con sua sorpresa, Snorri non lo sta aspettando da solo.

«Tu?»

«Ti dispiace?»

«No, per niente! Allora è stato il tuo incantesimo del freddo a congelare la lama?»

«Certo, di chi altri se no? Sono l'unica abbastanza stupida da aiutarti, anche se ci hai piantati in asso.»

«C'è anche Snorri», risponde Mats, accarezzandolo teneramente.

«Sei fortunato, perché mi ha convinto lui a farlo», ammette Finja. «Ed è piuttosto bravo a distrarre il tuo aggressore.»

Dal loro nascondiglio, Mats e Finja osservano Frieso e devono mordersi le labbra per evitare di ridere ad alta voce. Frieso prende il suo berretto e se lo rimette in testa, ma non osa lasciarlo andare per paura che gli sfugga di nuovo. Quindi ha solo una mano libera. È abbastanza per tirare su i pantaloni, ma non abbastanza per allacciare il bottone, e certamente non abbastanza per allacciare la cintura. I pantaloni cominciano a scivolare di nuovo, cosa che Frieso cerca di evitare mettendosi a gambe larghe. Per un attimo, lascia andare il berretto, che prende di nuovo il volo. Frieso solleva le braccia di scatto, prende il berretto, ma gli cadono i pantaloni. Si attorciglia, scivola e atterra a pancia in giù.

Arrabbiato e impotente, giace lì come un pesce fuor d'acqua, urlando al suo berretto. Mats potrebbe stare a guardarlo combattere con i suoi vestiti per ore, ma Finja pensa che sia il momento della seconda fase.

«Puoi far galleggiare il suo berretto nella pozzanghera là dietro?», chiede a Snorri.

«Snr», Snorri annuisce con entusiasmo, e già il berretto sta viaggiando nell'aria verso il luogo desiderato.

Come c'era da aspettarsi, Frieso gli corre dietro, trascura la pozzanghera finendo per bagnarsi entrambi i piedi, ma per il momento non gli importa.

«Sling, sling... Is», sussurra Finja, disegnando un cerchio nell'aria con l'indice e poi mirando alla pozzanghera che, obbediente, inizia subito a solidificarsi e a congelarsi.

Frieso, con il suo berretto in testa, si allaccia la cintura e cerca di uscire dalla pozzanghera, ma non riesce a sollevare i piedi di un millimetro.

«Ehi! Aiuto!» grida, ma è presto e non c'è nessuno in strada a sentirlo. Tranne Mats, Finja e Snorri che non ci pensano nemmeno a liberarlo.

Finja avverte: «Dovremmo andarcene prima che si accorga che sei scappato. Più tardi, quando sorgerà del tutto il sole, la sottile catena di ghiaccio si scioglierà e diventerà una pozza d'acqua.»

Non c'è tempo da perdere. Nascosto dalla fila di macchine parcheggiate, Mats corre. Dietro di lui sente i passi di Finja. Un formicolio di felicità gli rimbalza nello stomaco. Finja è qui. Per lui. Andrà tutto bene! All'incirca all'altezza in cui sospetta che si trovi il museo, Mats si ferma e scruta oltre i tettucci delle auto. Frieso è abbastanza distante, se si sbrigano possono arrivare all'entrata senza essere visti. Mats sta per ripartire quando qualcosa gli tira la manica, chiaramente Snorri.

Sorridendo, Mats si china verso di lui. «Non ti ho ancora ringraziato per il tuo aiuto!»

«SNR!», fa Snorri, agitando i tentacoli.

«Finja!» grida Mats.

La sorella è diretta verso la spiaggia. Si gira.

«Cosa c'è? Dove stai andando?

«Io? Dove stai andando tu!»

«In mare, a casa, e dove se no?»

Mats scuote la testa. «Allora dovrai andare senza di me. Prima devo consegnare questa!»

Tira fuori la bottiglia dal suo fagotto. All'inizio Finja non capisce. «Cosa te ne fai di quella bottiglia?»

Mats batte sul vetro e lo scuote un po', e Finja comincia a capire. «Hai davvero intenzione di consegnare la lettera?»

«Ce l'hai fatta!»

«Ma abbiamo deciso...»

«No, TU hai deciso!», la contraddice immediatamente Mats. «Dovrei fare ancora una volta quello che TU decidi!»

Finja stringe le labbra fino a farle diventare sottili e pallide, poi esplode: «Non puoi infrangere le nostre regole!»

«Non sono le mie regole! Sono regole che hanno portato all'assassinio di mio padre e mia madre, quindi non sono sicuramente regole che seguo!» risponde Mats.

«Ma ci stai mettendo in pericolo!»

«Non puoi saperlo!»

«Hai visto la direttrice. Non mi fido di lei!»

«Nostra madre si fidava di lei, quindi ora lo farò anch'io!» insiste Mats.

«No!»

«E invece sì!»

«NO!»

«SÌ!»

Finja fissa Mats. Mats fissa Finja. Entrambi con le narici tremanti e riluttanti a fare un passo verso l'altro.

«SNO!» si intromette Snorri.

Il piccolo polpo blu si mette due tentacoli sulle guance e sembra arrabbiato come Mats non l'ha mai visto. Anche se Snorri è ancora un po' più amico di Finja, non vi è alcun dubbio sul fatto che tenga a entrambi i fratelli. Il più delle volte si comporta come un fratellino minore che non ha altro che sciocchezze in testa. Ma ogni tanto si trasforma nel fratello maggiore, il baby-sitter che li ha cullati da neonati e li ha salvati dall'annegamento.

E questo è uno di quei momenti. Altri due tentacoli si tendono come delle corde e si avvolgono intorno a Mats e al braccio destro di Finja. Come un burattinaio, muove entrambe le mani l'una verso l'altra, ma a metà strada Finja si trattiene.

«Non farò pace finché Mats non verrà a casa con me!»

Immediatamente, anche Mats tira indietro il braccio.

«Perché vuoi che venga? Così puoi ignorarmi di nuovo a Rulantica? Mi sorprende che tu abbia notato la mia assenza, comunque!»

«Stai facendo di tutto per essere invisibile!» controbatte Finja.

Snorri scuote disperatamente le braccia di Mats e Finja e rimprovera: «Sno, sno, SNO!»

«Ha iniziato di nuovo lei», Mats si difende con Snorri.

«Vuole sempre avere ragione!» insiste Finja.

Snorri alza le braccia e quindi tira su anche quelle di Mats e Finja, come se i fratelli alzassero le mani in classe. Così facendo attira la loro attenzione verso l'alto, verso il cielo. E lì, infatti, ecco una distrazione.

«Bello, non l'avevo notato prima. Il vostro cielo è spesso così colorato?», si meraviglia Finja.

«Come? Colorato?» Anche Mats alza lo sguardo. «Oh, quello è un arcobaleno! Gli arcobaleni sono molto rari. E sembra anche finire proprio qui davanti al museo.»

«Penso che sia la cosa più bella che abbia mai visto nel cielo», dice Finja, «anche più bella del Sole!»

Mats annuisce, ma poi si acciglia. «L'unica cosa strana è che il sole non è ancora sorto e sono già passate un paio d'ore dall'ultima pioggia. Ho sempre pensato che le due cose andassero insieme. Comunque, è davvero bello e non ne ho mai visto uno con strisce così intense.»

I due contemplano per un po' il magnifico gioco di colori e dimenticano il loro litigio.

«Pensi che sia un segno?» chiede infine Finja.

Mats rimane di stucco: «Un segno di cosa?»

«Una cosa così bella deve significare qualcosa, non credi anche tu? Come il nostro amuleto di Frigg. O il mio tatuaggio del pesce.» Involontariamente, la mano destra di Finja si sposta verso la parte superiore del braccio sinistro.

Mats alza un sopracciglio. «Allora, cosa rappresenta l'amuleto lo so: la promessa di Frigg che un giorno qualcuno libererà Rulantica dalla maledizione. Ma cosa dovrebbe significare quel brutto morso di pesce?»

«Beh, mi ricorda che devo un favore a Hel!»

«Oh, capisco», brontola Mats. Il racconto di Finja del suo incontro con la Dea dei morti è un po' sospetto per lui. Forse sua sorella sta esagerando un po', elevando una pescatrice allo status di una dea e reinterpretando una semplice ferita come un segno che non lo è.

Ha dovuto imparare molto dal suo incontro con Finja, su cose che prima riteneva impossibili, come il fatto che gli dèi norreni esistono ancora oggi, ma questo Mats non riesce a immaginarselo con tutta la buona volontà. Se non avesse visto Svalgur a faccia a faccia, probabilmente non avrebbe nemmeno creduto alla maledizione. Ma questo significa che tutto deve essere visto come un destino o un simbolo? Dov'è la libertà di decidere e di prendere in mano la propria vita?

«Eppure, l'arcobaleno è con tutta probabilità soltanto un'indicazione che il tempo sta cambiando», suppone Mats.

«Certo, il tuo lato umano non crede mai e poi mai miracoli», lo prende in giro Finja, un po' per scherzo un po' sul serio.

Mats si trattiene dal dire che a volte una pietra è solo una pietra e non c'è un messaggio in tutto. È troppo bello poter finalmente parlare di nuovo con Finja normalmente.

Snorri ha ovviamente una sua teoria, coglie l'occasione per afferrare di nuovo le braccia dei fratelli e prima che se ne accorgano li sta dirigendo di nuovo l'uno verso l'altro. I due non esitano, e questa volta il tentativo di riconciliazione riesce. Sorridendo con orgoglio, Snorri stringe loro le mani e le scuote vigorosamente. E ancora e ancora e ancora...

«Snorri, va bene, ora abbiamo capito!» dice Mats ridendo.

«Andiamo d'accordo, sì», conferma Finja.

Raggiante di gioia, Snorri rilascia le mani e automaticamente Mats si gira verso Krønasår e Finja verso il mare.

«Oh, andiamo...», dice Finja.

«Oh, per favore...», dice Mats.

Un breve ululato risuona dall'ingresso del museo, attirando l'attenzione di Mats sulla porta a due ante. Può essere? Sono quelle teste di lupo che ululano come se si fossero risvegliate? O se lo sta solo inventando come l'ultima volta? Comunque, la porta è socchiusa. Mats riconosce la schiena di una figura che è appena entrata. Che si tratti di Madame Noir, non può dirlo con certezza, ma chi altro potrebbe essere a quest'ora? I visitatori ordinari certamente no. E Frieso è ancora bloccato, si spera. Vale la pena controllare. Non prestando attenzione all'occhiata infastidita di Finja, corre via. Contro ogni aspettativa Finja lo segue e Snorri si lascia portare sulla sua spalla.

«Pensavo che tu fossi contraria», sbuffa Mats.

«Lo sono, ma non posso lasciarti da solo. Hai visto come va a finire!»

Sua sorella, nonostante i battibecchi, è davvero la ragazza più straordinaria... o meglio, la mezza sirena più straordinaria che Mats abbia mai incontrato... e la più testarda. Ma avrebbe preferito mordersi la lingua piuttosto che farle quel complimento proprio ora.

Quando arrivano all'ingresso, i battenti della porta stanno per chiudersi.

«Aspettate, vogliamo entrare anche noi», dice Mats.

«Chiuuuuuso», guaisce il lupo sul lato sinistro, spostandosi al centro. Il lupo sulla destra, invece, guarda Mats con i suoi chiari occhi color bronzo. Poi annuisce, in modo appena percettibile, e il suo battente si ferma.

«Grazie», dice Mats con un sorriso e scivola attraverso la porta, Finja e Snorri vicini, dietro di lui.

All'interno è tranquillo e cupo, ma allo stesso tempo tutta Krønasår sembra trattenere il respiro, in attesa di qualcosa, anche se Mats non riesce a immaginare cosa. Cosa dovrebbe aspettare un museo? I suoi visitatori? È solo un edificio, ma l'ultima volta che ci è stato sembrava avere una sorta di personalità propria, forse sono davvero la lunga storia e i molti racconti che ospita sotto il suo tetto che fanno sembrare Krønasår più vivo di un normale edificio residenziale o commerciale. Mats si ferma un momento per orientarsi, nella semioscurità non riesce a distinguere bene l'espressione di Finja, ma lei e Snorri si guardano intorno con lo stesso stupore.

«È un po' strano qui», sussurra Mats.

«Ero contraria a venire, infatti», risponde burbera Finja.

«Puoi sempre andartene!», sbotta Mats.

«Così puoi spifferare i nostri segreti senza ostacoli.»

In lontananza, dei passi riecheggiano nell'edificio, ma non sembrano affatto i tacchi alti di Madame Noir.

Inoltre, sembrano essere di diverse persone... Che sia Frieso che si è liberato? Ma sarebbe solo uno.

«Sono dei ladri?» chiede Mats a bassa voce.

Tendono le orecchie, nelle alte sale.

Finja

Finja fa una smorfia. Perché Mats non riesce a capire che qui stanno perdendo tempo? Se la direttrice non è al museo, possono anche tornare indietro. Cosa importa loro di eventuali ladri nel mondo umano? Ciononostante, segue Mats. Non vuole lasciarlo solo, se non altro a causa di Frieso. E naturalmente è anche molto interessata a ciò che Madame Noir ha da raccontare su sua madre. Finja ricorda però con un brivido il loro primo e unico incontro. Furiosa e sprezzante, Catherine Noir ha fatto passare sua madre per una traditrice e una bugiarda. Finja vuole pensare a Vivika come a un'avventuriera, una donna coraggiosa che si è impegnata a proteggere Rulantica almeno quanto Kailani. Forse Madame Noir stava solo rimproverando sua madre per essere scomparsa senza lasciare traccia, e la lettera davvero potrebbe addolcirla?

Sì, potrebbe essere così. Anche se Finja se lo augura, questo è proprio il motivo per cui preferirebbe andarsene di nuovo. Sente a ogni passo che Mats si sta allontanando da lei, sta tornando nel mondo umano! Si accorge che la speranza di saperne di più sulla madre lo spinge a tornare nel suo mondo, perché qui è più vicino a lei. Come potrà mai attirarlo di nuovo a Rulantica se le sue speranze dovessero diventare realtà? E se si sentisse così a suo agio da decidere di restare? Finché erano nella Città di Ghiaccio, Finja pensava che Mats avrebbe imparato a capirla. Ma ora? Sembra così felice mentre cammina per la città umana in modo così naturale, Finja deve trattenersi per non prenderlo per un braccio. Lo sta perdendo! Suo fratello gemello. E non può restare perché deve proteggere la sua patria. Non solo perché l'ha promesso a Kailani. Da quando ha condotto Malus a Rulantica, Finja si sente in colpa. Le basta toccare l'amuleto e sa che non può fare diversamente.

Finja sospira.

«Stai bene?» chiede Mats.

«Mmm. Spero solo che questo incontro serva a qualcosa, così possiamo andare avanti con il nostro vero compito!»

«A quale ti riferisci?»

A Finja viene da piangere, perché i loro desideri diversi li stanno separando e Mats non lo comprende. Eppure è così evidente... Deve saperlo!

Ad alta voce dice: «Salvare Rulantica!»

«È tutto quello a cui riesci a pensare? Non possiamo pensare alle nostre vite per una volta?» brontola Mats.

«In realtà proprio di questo si tratta», si infervora Finja. «Finché Rulantica non sarà libera, nemmeno noi lo saremo!»

Mats alza le braccia e si esamina i polsi, scuotendoli. «Niente catene», dice.

Gli occhi di Finja si riempiono di lacrime. «Oh, Mats, anch'io vorrei andarcene a esplorare la storia della nostra famiglia, scoprire tutti i mondi insieme, senza preoccuparci di nulla...»

Mats sbatte le ciglia e Finja riconosce la sua sorpresa. «Allora, allora... i nostri desideri non sono poi così distanti!»

«Pensi che io voglia seguire gli ordini di Exena per sempre? Dovresti conoscermi meglio!»

Mats le sorride e annuisce. Almeno su questo punto sono d'accordo. Con la punta del dito, Finja tocca la metà dell'amuleto intorno al suo collo e poi indica il suo.

«Ma non possiamo prima compiere la profezia e liberarci di questa stupida maledizione?» chiede supplichevole.

Spera ardentemente che il suo appello raggiunga Mats.

Nel frattempo sono giunti nella grande sala accanto allo scheletro che a Finja ricorda tanto Svalgur. Dal cranio alla coda, occupa tutti i sei piani del museo. Invece di una risposta, Mats la afferra e la trascina dietro il gigantesco teschio.

«Cosa stai facendo?», brontola Finja, quasi inciampando nello scheletro.

«Scusa, non volevo», si scusa Mats a bassa voce, tenendola per un braccio. «Arriva qualcuno.»

Dall'altra parte del corridoio, Finja vede uscire una figura dal corridoio. Lei e Mats si chinano contemporaneamente, e Finja tiene d'occhio Snorri, che ha molto meno rispetto per lo scheletro che per il suo gemello congelato e si è già arrampicato fino alle costole.

«Sss», sibila dolcemente Finja per avvertirlo, ma anche Snorri si è accorto della figura e ha adattato il suo corpo alle costole e alle spire del serpente gigante.

Si tratta di un uomo snello e muscoloso, con giacca e pantaloni di pelle, sopra i quali indossa una specie di mantello. Ha una barba ben curata e lunghi capelli divisi in trecce. Finja esamina la sua acconciatura, potrebbe provarla, non solo con le foglie d'alga, sarebbe bello intrecciare anche i capelli. Quando l'uomo inizia a parlare, parte della sua simpatia scompare. Il suo tono è nasale e arrogante, non corrisponde affatto al suo aspetto.

«Magni, Modi, dove siete? Risparmiate il vostro potere distruttivo per quando avrete un pubblico. Avrei dovuto trovare due compagni più nobili!»

In sottofondo si sentono tintinnii e schianti come se alcuni oggetti venissero rovesciati.

Il giovane fa una pausa e guarda lo scheletro.

«Ah! Bölvun è una vera bellezza, proprio come Svalgur. I discendenti del Serpente di Midgard sono davvero magnifici!»

Un altro uomo esce dal corridoio facendo un gran fracasso; è più piccolo e robusto del primo, con ciuffi di capelli biondo chiaro. Se Finja non si sbaglia, alcune cicatrici attraversano il suo viso e il suo torso quasi nudo, sul quale indossa solo un gilet di pelle. Grida forte e senza alcuna inibizione: «Splendido lo chiami? Ti accontenti di poco, Wali! Io lo definisco uno scheletro!»

Che tipo disgustoso, pensa Finja, mentre un terzo si unisce a loro; assomiglia un po' al numero due, solo una mezza testa più alto e con i capelli scuri. In mano tiene un gigantesco martello.

Il terzo annuisce. «Non potrei essere più d'accordo con Modi! Non ho nemmeno bisogno del nostro martello, tutto quello che serve per abbattere questo scheletro è un calcio!»

«Aspetta! Voi fratelli Thor e la vostra distruttività! State rovinando l'unica possibilità di riavere il rispetto nel mondo umano che è dovuto a noi dèi!» tuona Wali. «Ammirate ciò che il respiro divino è in grado di fare!»

Finja riflette: Wali e Modi. Questi nomi le dicono qualcosa! Sì, ha sentito parlare di entrambi in Tradizioni degli dèi, l'unica materia che esiste sia nella Città di Ghiaccio che ad Aquamaris. Si studiano principalmente Odino, Frigg e Loki, ma in quel contesto, Finja è abbastanza sicura di essersi imbattuta in quei nomi.

Eccitata, sussurra all'orecchio di Mats: «Penso che Wali sia il figlio di Odino e che anche gli altri due siano dèi!»

Mats la guarda sconcertato. «Sul serio? Vuoi farmi credere che quei tre stupidi laggiù sono degli dèi?»

Perché non crede mai a niente di quello che dico? Furiosa, Finja dà a Mats un colpo al costato, ma se ne pente subito. Un dolore acuto le percorre la parte superiore del braccio sinistro. «Ahi! Che male!»

Immediatamente Mats si china verso di lei.

«Cosa c'è?»

«Oh, ancora quello stupido morso!»

«Fammi vedere!» chiede ansiosamente Mats.

Ma sono distratti da Wali, che si mette in posa con un gesto plateale a pochi metri dallo scheletro. Finja ha paura che possa averla scoperta, invece il dio chiude gli occhi, porta le mani agli angoli della bocca e chiama: «Leve! Leve! Leve!»

Poi soffia in direzione delle ossa senza vita. Accompagnato delicatamente da un bagliore dorato appena percettibile, il suo respiro fluttua verso l'alto e si perde. All'inizio non succede nient'altro.

«Tutto qui?» sogghigna Modi. «Hai visto, Magni? Può

soffiare nuvole d'oro, quindi pensa di essere un dio!»

«Io SONO un dio!» ribatte Wali indignato.

«Non lo siamo tutti?» sbuffa Magni. «Ma noi almeno abbiamo un'arma decente!»

Le ginocchia di Finja quasi cedono mentre il braccio comincia a pulsarle come quando il pesce l'ha morsa. Mats riesce ad afferrarla in tempo e arrotola con cautela la manica della sua maglietta. Mats le fissa il braccio.

«È rosso fuoco!», nota.

Improvvisamente, qualcosa si agita sopra le loro teste. Impercettibilmente all'inizio, poi sempre più chiaramente.

«SNRRRR!» Snorri scivola lungo le ossa dello scheletro e si aggrappa al braccio di Mats. Una scossa attraversa le spire del serpente. Dalla cima della coda fino al teschio, le ossa cominciano a sussultare. In pochi secondi il tremore riempie tutta la sala. Anche Finja ne è colta e sente la vibrazione alla bocca dello stomaco. Il museo sta per crollare! Alza lo sguardo e si blocca. Non può essere!

Dove un attimo prima c'erano il cranio bianco e calvo e le ossa nude, filamenti di muscoli spuntano dal nulla e si diffondono frettolosamente per tutta la lunghezza della creatura. Dopo aver acquisito carne, questa struttura semi-finita si contrae e vuole liberarsi. Ma l'impalcatura regge ancora.

Una pelle si forma sopra la carne rossastra con una velocità altrettanto mozzafiato: gialla, verde e squamosa. Il cranio è diventato una vera testa. Con ogni nuovo pezzo di pelle, anche la coda prende sempre più vita. Le corde a cui è sospeso lo scheletro cominciano a spezzarsi, filo dopo filo, sotto il peso di quel corpo che prende vita.

«Il serpente!» grida Finja. «È vivo!»

Come l'onda di un terremoto, il serpente si schianta a terra. Lo strillo di paura di Snorri risuona nella sala; è in preda al panico, si gira e corre verso l'uscita del museo.

«Fuori di qui!» urla Mats. «Se il serpente è parente di Svalgur, deve essere parecchio affamato dopo tanti anni senza vita!»

In realtà Finja vorrebbe scappare, vorrebbe seguire suo fratello e Snorri. Ma qualcosa la trattiene, non riesce a muoversi. Si sente così vuota che nemmeno la paura la raggiunge. Come se si guardasse dall'esterno, vede il tatuaggio sul braccio prendere la forma di un pesce e spingersi verso lo scheletro del serpente. Il suo unico pensiero è: «È vivo!»

Come ipnotizzata, guarda il serpente, anche quando si alza minacciosamente, Finja rimane seduta. Il serpente fissa gli occhi su di lei. Silenziosamente, tutto si incrina intorno a loro. Le piastrelle sono percorse da crepe profonde. Con una forza inaudita, quel corpo verde veleno si libera dai resti delle corde e con un unico movimento sinuoso arriva da Finja. Quegli occhi terribili, incandescenti. Tutto gira. Perché correre via? In fin dei conti, è inutile! Giusto? I denti appuntiti si avvicinano a Finja. Incredibile. Non fa male per niente. È veleno? O l'alito maleodorante? È la fine? È solo la 'sua' fine? O di tutto quanto? Finja è troppo stanca... decisamente troppo stanca per rispondere.

IX

BÖLVUN VIVE

Mats si gira, la vede come al rallentatore. La testa del gigantesco serpente si dirige verso Finja. Perché non scappa?

«FINJA! Corri!» grida Mats.

Non si muove, non si muove! La testa del serpente ondeggia davanti a lei e sembra averla completamente soggiogata con un incantesimo. Mats corre verso di lei come se in gioco ci fosse la sua vita, ed è proprio così.

Troppo tardi! È ancora a due metri da lei, urla e agita le braccia. Ma è inutile! Deve guardare tutto, dalla prima fila, in primo piano.

«No!» ruggisce Mats. «N-NO! NO!»

Ma non può fare nulla, non può fermarlo, Bölvun punta in basso, apre la bocca, mostra i suoi denti enormi e divora Finja con pelle e capelli. Lei non ha reagito, non ha nemmeno cercato di scappare. Ora è sparita, come se non ci fosse mai stata. Il cuore di Mats quasi si ferma, non può continuare a battere. La coda del serpente scivola accanto a lui; Mats avrebbe potuto semplicemente allungare la

mano per toccare la sua pelle liscia e opaca. Il mostro striscia verso le finestre a tutta altezza sul retro del museo. Sembra essere attratto dall'acqua. Direttamente dietro Krønasår si estende un braccio di mare. No, il serpente non deve scappare, qualcuno deve intervenire, porre fine all'incubo, ora! Mats si rivolge ai tre dèi, che guardano lo spettacolo con stupore.

«Fate qualcosa!», grida loro.

Wali si schiarisce la gola per primo. «Non avrebbe dovuto essere lì»

«Ma c'era, e se voi siete davvero degli dèi, allora dovete impedire a quel mostro di scappare con mia sorella!»

Wali alza il braccio. «Fermo!», richiama il serpente. «Fermati e ascolta il comando!»

Bölvun indietreggia un po', ma sembra che stia prendendo la rincorsa invece di preoccuparsi davvero delle parole di Wali.

«Hætu!», urla Wali. «Chi ti ha risvegliato lo comanda!»

Ora la bestia possente alza la testa.

«Tu estenderai la maledizione di Rulantica al mondo umano a partire da oggi!», continua Wali. «Ma prima, libera la ragazza!»

La bestia si rivolge a Wali, oscillando la testa avanti e indietro davanti a lui come se gli chiedesse di ballare.

«Smettila di giocare, non puoi confondermi. Io sono un dio!» sbraita Wali.

Un sorriso sornione si fa strada sul volto del serpente. Può essere? Mats deve essersi sbagliato, i serpenti non sorridono, specialmente gli enormi serpenti mostruosi che hanno appena messo della carne in pancia. A ben guardare, è solo una smorfia rigida con una lingua biforcuta che esce dalla bocca come una saetta. Verso Wali.

«Tu osi?» Furioso, Wali si gira. «A te mostrerò chi è il tuo erede e padrone!»

Il suo sguardo si sposta su Magni e Modi, che guardano a bocca aperta quello che succede intorno a loro.

«Dammi il martello», chiede Wali, cercando di strappare l'arma dalla mano di Magni.

Mats trattiene il respiro. Potrebbe usarlo per tenere testa al serpente. E poi? È in tempo per salvare Finja? O è già morta? Ma questo dio ha appena riportato in vita un serpente, potrebbe certamente fare lo stesso anche per Finja...

La speranza di Mats viene stroncata sul nascere. La potenza del respiro di Wali non corrisponde alla sua forza muscolare. Afferra il martello e viene immediatamente gettato a terra. Rimane accanto al martello come un insetto sulla schiena.

Magni fa una risata stizzita. «Nonostante i tuoi trucchi non ci riuscirai mai, Wali!»

Wali sta cercando di alzarsi. Quasi in piedi, stringe il martello con entrambe le mani. Tira e tira, ma in realtà non riesce a spostarlo, nemmeno di un millimetro. La faccia di Wali diventa rossa per lo sforzo e la rabbia.

«In nome di Odino, obbedisci a suo figlio!», chiede a gran voce.

Ma il suo discorso non interessa né al martello né al serpente, che scivola elegantemente sul pavimento del museo verso la finestra posteriore. Uno slancio momentaneo, poi spinge il suo enorme cranio in avanti.

Il vetro si frantuma in mille pezzi. Non impressionato e apparentemente illeso, il serpente scivola attraverso l'apertura e scompare quasi silenziosamente nell'acqua.

Mats si inginocchia accanto a Wali. Fa un altro tentativo, tirando l'arma con le sue ultime forze. Una delle linee curve sul manico, che ricorda a Mats i segni runici sul suo amuleto, comincia a pulsare, le dita di Wali si aprono e lui deve lasciare definitivamente il martello.

Modi si avvicina a lui con un grande sorriso. «Vuoi che ti mostri come si fa?»

Prende con facilità il martello. È un peso piuma per lui, lo fa girare in aria una volta e colpisce. Il pannello informativo, che fino ad ora aveva indicato lo scheletro come un presunto cronosauro, cade in mille pezzi.

«Ah ah ah, vedi quanto è semplice!»

Magni raggiunge Wali e lo aiuta ad alzarsi.

«Non prendertela, Mjölnir accetta solo noi come padroni! Nessuno tranne noi può brandirlo!»

Mats bada appena alla scaramuccia, si accovaccia davanti alle macerie e aspetta le lacrime. Torna indietro! Ridammi mia sorella! Finja! Come è potuto succedere? Come poteva fermarlo? Perché la bestia non ha mangiato lui invece? Mats si sente come se fosse stato tagliato a metà, come se il serpente avesse strappato una parte di lui e portato via tutto il suo cuore. Ora le lacrime gli salgono agli occhi, scorrono lungo le guance, lungo il collo, si infilano nella maglia. Non c'è più nulla per Mats che abbia importanza ora. Non gli importa se gli dèi distruggono il resto del museo.

«Non fraintendermi, Wali». Magni guarda la finestra

in frantumi scuotendo leggermente la testa. «A me e a mio fratello piace sfogarci qui. Ma non dovrebbe esserci qualche spettatore in più?»

«Siamo molto vicini al nostro obiettivo», afferma Wali.

«Nonostante la fuga del serpente?» chiede Magni scettico.

Con disappunto, Wali chiude la bocca. «La bestia avrebbe dovuto obbedirmi! Ciononostante, abbiamo dato alla gente un assaggio completo del nostro potere con il suo risveglio. E, come previsto, abbiamo qualcuno che testimonierà quello che abbiamo fatto!»

Inaspettatamente, si china verso Mats, gli prende il mento tra il pollice e l'indice, gli gira la testa e lo costringe a guardarlo.

«Lo farai, vero, ragazzo mio?»

Come un burattino, Mats si lascia spostare da Wali, tanto non gli importa nulla, ma questo non è abbastanza per Wali, scuote Mats con forza per le spalle.

«Lo prometti, ragazzo? Mats, vero?»

Mats ne è colpito. Il dio conosce il suo nome! Come è possibile? Sicuramente non l'ha mai incontrato prima.

«Questo è l'unico motivo per cui ti ho portato qui», continua Wali senza scusarsi. «Uno dei prescelti della mia matrigna sembrava l'ambasciatore giusto per la nostra legittima causa, quindi non deludermi!»

«Come potevi sapere che sarei stato a Krønasår oggi? Io stesso non lo sapevo.»

Con il petto gonfio di orgoglio, Wali dichiara: «Per allontanare una pecora dal gregge, basta indurre le altre a spingerla fuori.»

«Avete pianificato tutto questo», singhiozza Mats. «Tutto questo! E Finja? Come potete volere che il serpente mangi mia sorella?»

Senza mostrare un autentico rammarico, Wali nega. «È stato un incidente, non avrebbe dovuto essere qui. Chi poteva immaginare che ti avrebbe seguito?»

Mats si accascia e continua a piangere senza freni.

«Perché sta piangendo?», chiede Modi. «Può ben essere orgoglioso di servire i nuovi dèi!»

«Anche piangere i propri morti è una debolezza umana! Se questi mortali sapessero com'è lei, sarebbero grati per chiunque accetti nel suo regno!», gli risponde Wali.

«Bene, bene! Lei ti piace proprio tanto!», lo prende in giro Magni.

«Sciocchezze!» si difende bruscamente Wali.

«Sì, sì l'hai fatto, ti sei appena tradito! Ecco perché stai facendo tutto questo, perché ti dà fastidio che lei preferisca tuo fratello Vidar!»

«Lasciate Vidar fuori dal discorso, o volete attirarlo qui in modo che possa mandare tutto a rotoli con la sua rettitudine?» si arrabbia Wali.

«Allora è vero», afferma seccamente Magni. «E tu, fratello caro? Pronto per essere adorato?»

Modi ride. «E come! Come un dio delle belle arti, per esempio.»

Agita il martello e distrugge una vetrina con vecchi vasi e piatti d'argilla.

«Basta così! Andiamo via in modo che rimanga ancora qualcosa da ammirare», decide Wali. «Tu, ragazzo, diffondi la buona novella. I giovani dèi sono tornati e chiedono l'obbedienza di Midgard!»

Tra fracasso e baccano, i tre abbandonano il museo, lasciando caos e silenzio dietro di sé.

Come stordito, Mats si ferma nel punto in cui Finja era seduta prima che il serpente la divorasse. Deve essere un incubo. Per favore, per favore, qualcuno lo svegli! Un frammento di argilla gli taglia il palmo della mano. Una goccia di sangue macchia di rosso il fragile bordo del frammento. Non è un sogno. È la realtà. Non si era mai sentito così miserabile e piccolo. Essere soli quando lo si è sempre stati è molto diverso dall'essere di nuovo soli dopo che si è perso qualcuno che si amava tanto quanto lui amava sua sorella.

Un brutto pensiero si fa strada nella testa di Mats. È stata colpa sua! Era qui solo per causa sua! Voleva portare qui la lettera. Perché non è rimasto a Rulantica? Finja, Finja, mi dispiace tanto. Avrei dovuto ascoltarti!

E adesso? Cosa farà adesso? Senza di lei? Non gli importa niente di niente! E questi dèi possono trovare qualcun altro che racconti le loro gesta. Tutto questo guaio è nato a causa di uno di loro! Dovrebbero essere la prima cosa di cui sbarazzarsi! Finja aveva assolutamente ragione anche su questo! Pensa all'ultima richiesta di Finja. Ma non possiamo prima compiere la profezia e liberarci di questa stupida maledizione?

Ok, sorellina, a questo ci penso io, per tutti e due!

X

MADAME NOIR

Poco dopo l'uscita degli dèi, Snorri si avventura di nuovo verso Mats. Mats non deve dirgli cosa è successo, il piccolo polpo ha capito tutto. Ha lasciato il suo elmo nel luogo in cui si trovava lo scheletro, come ultimo saluto a Finja. Poi si annida nell'incavo del gomito di Mats e piange sommessamente. Tutto il colore è svanito dal suo corpicino, la sua pelle è grigio cenere così come la sua cresta, solitamente rosa. Vicini eppure senza potersi davvero consolare, piangono Finja e dimenticano il tempo.

Mats sente troppo tardi che qualcuno sta arrivando, riesce appena a strisciare dietro il mucchio di macerie con Snorri, quando lei è già in piedi in mezzo alla sala del museo. Madame Noir.

Grida: «Cosa è successo qui?»

Poi fruga nella borsa, tira fuori il cellulare, digita freneticamente e continua a gridare nell'orecchio della persona all'altro capo: «Ladri, vandali! Devi venire subito, Gunnar, c'è stata un'effrazione!»

Gunnar ha ovviamente bisogno di un momento per capire.

«No, non a casa mia, babbeo, al museo naturalmente! E dove se no?»

Ascolta brevemente una risposta.

«Frieso? Pfff, evidentemente non era al suo posto. Avrei dovuto licenziarlo anni fa, ma i guardiani notturni sono difficili da trovare, soprattutto quelli affidabili! Poi chiamerò la polizia, ma tu fiondati qui subito, ci sono alcune cose da...»

Una pausa un po' più lunga, Mats indovina ciò di cui Madame Noir si rende conto solo ora.

«Oh... non è possibile! Lo scheletro è sparito!»

Una breve pausa, poi alza ancora la voce.

«Sì, lo so quanto è grande... probabilmente lo hanno smontato... Basta con le discussioni, il tuo turno di lavoro inizia tra cinque minuti esatti!»

Durante la telefonata, Mats si guarda intorno cercando disperatamente una via di fuga. Impossibile! Non appena si muoveranno, dietro le macerie, Catherine Noir li noterà.

«Prendi l'elmo e mettiti al sicuro», mormora a Snorri. «Basto io come responsabile di tutta questa distruzione. Trova Venn e digli che tornerò in mare il prima possibile!»

Per coprire la fuga di Snorri, si alza.

«Salve, Madame Noir, ehm, posso spieg...»

Questo è il massimo a cui arriva. La direttrice, sempre vestita in modo elegante e impeccabile, si fionda su di lui con il suo lungo naso come un falco che aspetta solo la sua preda.

«Bene, bene, bene, chi abbiamo qui?»

Ma a metà della frase si rende conto di chi è apparso

improvvisamente davanti a lei.

«Tu? Tu sei... non avevi detto di essere il figlio di Vivika Stenrokk l'ultima volta?»

«Sì, beh, questo... è vero.»

«Tutto torna! Il figlio di una scienziata poco seria che distrugge preziosi reperti storici!»

«No, guardi, non sono stato io. E anche mia madre... non era proprio come dice lei!»

«Bene, benissimo! Racconterai tutto questo alla polizia!»

Madame Noir si china sul telefono cellulare che tiene ancora in mano. I pensieri di Mats corrono a pieni giri. Una volta arrivata la polizia, gli faranno mille domande, metteranno al sicuro le prove e forse lo porteranno anche in centrale. Ovviamente non può dire la verità; nessun poliziotto crederà alla storia degli dèi. Ma ogni bugia è appunto una bugia, che purtroppo si nota subito sulla punta del suo naso. Tutta quella storia si sarebbe conclusa con una telefonata all'orfanotrofio e lui si sarebbe ritrovato in un batter d'occhio alle *Tre betulle*. Non è una bella prospettiva. Come potrebbe salvare Rulantica dall'orfanotrofio? Inoltre, dovrà dire a Kailani e Bror quello che è successo. Amano Finja quanto lui, e sicuramente impazziranno se lei non farà ritorno. Deve tutto questo a Finja. Quindi deve impedire alla direttrice di chiamare la polizia. Ma come?

«Aspetti. La prego! Io ho le prove.»

«Ah sì? Sono curiosa di vederle! Hai cinque secondi!» Il dito della direttrice corre sul display mentre gli fa un cenno di sfida. Lui fruga nel suo fagotto. È ancora lì, non si è nemmeno rotta. Tira fuori la bottiglia e la porge a Catherine Noir.

«Una lettera. Per lei, da parte di mia madre!»

La direttrice esita per un momento, guardando il disordine, il luogo dove lo scheletro era appeso, combattuta, perché dovrebbe preoccuparsi di questo ora. Ma vuoi per la curiosità, vuoi per lo sguardo supplichevole di Mats, rimette il telefono nella borsa, prende la bottiglia, la scuote per estrarre la lettera, la srotola e la legge.

Mats trattiene il respiro. All'inizio i suoi lineamenti rimangono immobili, poi il suo viso si ammorbidisce e si addolcisce.

«Questa è la sua scrittura, è davvero la sua scrittura!»

Madame Noir accarezza il foglio e guarda Mats con improvviso interesse.

«Dov'è la ragazza di cui scrive Vivika? Non eravate in due all'ultima visita?»

Tristemente, Mats annuisce e le lacrime ritornano. Indica le corde strappate e dice: «Il serpente gigante l'ha mangiata».

Questo va oltre la ritrovata fiducia della direttrice, la sua espressione si irrigidisce. «Non credere di potermi prendere in giro facendo leva su una vecchia amicizia!»

Mats è infastidito, avrebbe dovuto preparare questa rivelazione con più attenzione, è stato umano abbastanza a lungo da sapere quanto tutto questo sembri impossibile. Ma lei lo ha preso alla sprovvista con la domanda su Finja, il dolore gli paralizza la mente e lui non riesce a pensare a una spiegazione migliore della verità. Impotente, allarga le braccia e rimane in silenzio. Madame Noir lo guarda con insistenza. «Mmm, la tua tristezza sembra vera...»

Mats può solo annuire, la voce continua a mancargli.

Di nuovo, dei passi risuonarono nell'alta sala.

Madame Noir dice a gran voce: «Era ora! Hai perso tempo a lavarti i denti e a bere il tè? Abbiamo molto lavoro da fare prima dell'apertura!»

Come lei Mats pensa di avere a che fare con Gunnar, la giovane guida del museo con cui hanno parlato brevemente durante la loro ultima visita. Invece della figura allungata di Gunnar, compare Frieso, con le guance rosso fuoco e ansimante come un tricheco, le gambe dei pantaloni mezzo bagnate e arrotolate e le scarpe in mano. Folgorato, si ferma e vuole spiattellare tutto in una volta sola: «Assalto... scheletro... lì, lì, proprio lui! Lo prenda!»

Mancava solo lui! Istintivamente, Mats si nasconde dietro Catherine Noir, anche se lei è troppo minuta per coprirlo e Frieso lo ha già visto e riconosciuto comunque. Se Frieso vuota il sacco, la direttrice gli crederà ancora di meno.

La guardia del museo recupera la sua compostezza e va avanti: «L'ho notato subito, signora direttrice, bazzicava qui di notte. Mi ha teso un'imboscata, quel tipo, e mi ha congelato in una pozzanghera, ma gliela farò vedere io, lui e la sua bella sorella hanno fatto sparire Johan Malus. Spiegherò questa circostanza e poi...» Minaccia Mats con il pugno.

Mats continua a indietreggiare alle spalle della direttrice e ora gli sfugge qualche parola: «Come se rimpiangesse la scomparsa di Malus. Sta solo puntando alla posizione di presidente dell'ACE».

Frieso non lo sente, ma Madame Noir sì. «Interessante», dice più a se stessa che a Mats o Frieso. Poi si rivolge a quest'ultimo: «Senti, senti... Questa è nuova. Non avevo capito che eri così amico del nostro avversario, Frieso».

La guardia del museo diventa ancora più rossa. «Beh, questo è troppo! Cosa le ha raccontato quel piccolo verme? Johan Malus era... ehm, cioè, è... o era...» Frieso è infuriato con Mats. «Non importa! Il ragazzo sta solo cercando di togliersi dai guai!»

«Basta così, ho questioni più urgenti di cui occuparmi, ho un furto da risolvere e l'ordine da mantenere. Mi occuperò di entrambi i vostri ruoli in tutto questo caos più tardi!»

Immediatamente Frieso afferma: «Non ho niente...»

Ma la direttrice lo interrompe. «Fine del discorso. È ora di prendere una scopa, Frieso!»

«Ma quello può farlo lui!»

Frieso indica Gunnar, che è appena entrato a Krønasår con le mani in tasca.

«Sono forse circondata da buoni a nulla?» sospira Madame Noir.

«Frieso, tu ti occuperai del disordine, Gunnar, tu chiuderai il ragazzo nel mio ufficio finché non avrò tempo per lui. Dopo verrai ad aiutare Frieso. Io farò l'inventario di ciò che manca. Allez-y!»

Mats sta pensando a come difendersi. Sarebbe molto più facile sfuggire a Gunnar che a Frieso. La giovane guida del museo sale le scale accanto a lui, senza togliere le mani dalle tasche. È chiaro che non è ancora ben sveglio, persino i suoi capelli sembrano stanchi. Ma se

Mats scappasse ora, non riuscirebbe mai più a rientrare a Krønasår, sarebbe come un'ammissione di colpa, e non avrebbe imparato nulla di utile. Ma ha importanza? Nel corridoio che porta agli uffici, Gunnar si ferma davanti a un distributore automatico ronzante.

«Caffè?»

«Preferirei una bibita.»

Gunnar riempie due tazze e ne porge una a Mats. Non beve una bibita da mesi. È così strano fare di nuovo cose umane, soprattutto senza spiegarle a Finja. Né il caffè né le bibite le piacerebbero. Anzi, le sarebbero piaciute... Mats sussulta. Cosa ci fa qui? È inutile! Finja non c'è più, a chi dovrebbe dire ciò che Madame Noir sa di sua madre se non a lei? Che sciocco, tutto inutile. Ma le sue opzioni sono limitate in questo momento. Gunnar, senza che Mats se ne accorga, ha aperto una porta e lo spinge delicatamente nella stanza, poi gli mette in mano un pacchetto di noccioline e alcune caramelle appiccicose.

«Nel caso in cui tu abbia fame. Probabilmente Madame Noir ci metterà un po'.»

Prima che Mats possa chiedersi se sarebbe stato meglio fuggire, Gunnar lo lascia in piedi accanto a una sedia, di fronte a un'imponente scrivania. Clic-clac. Chiuso dentro.

Mats non ha altra scelta che sprofondare sulla sedia e guardarsi intorno. Tutto ha un aspetto vecchio e austero, la scrivania con le zampe di leone, la sedia di pelle leggermente consumata. Un telefono e un computer probabilmente del secolo scorso o del secolo ancora prima. Dappertutto ci sono vecchie ossa, fossili, mischiati a gioielli antichi e persino lo scudo di un vichingo. I signori nei dipinti a olio alle pareti sembrano così arroganti che devono essere aristocratici, garantito. Per non parlare dell'alto orologio a pendolo che ticchetta nell'angolo. Mats si alza e si mette a gironzolare, non riesce a stare seduto, vuole fare qualcosa. Passa il dito su una vetrina e gli cade l'occhio su un libro. Saghe e leggende degli dèi. Che bella coincidenza! Perché non dare un'occhiata a quello che dice di Wali, Magni e Modi?

Mats apre la vetrina e lo tira fuori. C'è qualcosa tra le pagine... Mats apre il libro in quel punto e scopre un pezzo di carta piegato. In realtà, dovrebbe rimetterlo a posto, è nell'ufficio di qualcun altro e non sono affatto affari suoi, ma le sue dita agili non rispettano l'educazione e hanno già aperto il foglio. Stupito, guarda i contorni disegnati, che gli sembrano familiari. È una mappa di Rulantica? La baia a mezzaluna esattamente al centro, dietro di essa il vulcano, a ovest la città su palafitte, la valle dei Troll, ancora più a ovest l'ingresso di roccia alla Fonte, chiaramente segnato con un cerchio... Il disegno è sormontato da una R in alto al centro.

Mats avverte un brivido lungo la schiena. Cosa ci fa qui questo schizzo di una mappa? A chi appartiene è relativamente chiaro, è nel suo ufficio. I dubbi di Finja erano giustificati? Era meglio non fidarsi di Catherine Noir? Sarà lei, dopo Malus, a cercare l'isola per fare il bagno nella fonte? Forse Madame Noir era arrabbiata con sua madre per non averla portata con sé?

«Gli umani sono tutti uguali, dopo tutto, e sempre un pericolo per Rulantica», dice Mats, che rabbrividisce per la sua stessa frase. Queste sono le parole di Exena! Da quando parla e pensa come lei? Pensa ai meravigliosi abitanti dell'isola: Snorri, i Kelpi, i Mauk, i troll, le stelle al neon, persino le murene dei relitti e gli squali. Un'intuizione colpisce Mats con tutta la sua forza: Finja ha assolutamente ragione! Non può permettere che succeda loro qualcosa, Svalgur non può divorarli come Bölvun ha fatto con Finja!

Ora che Finja non c'è più, tocca a lui. Gira il suo amuleto a metà in modo da poter vedere il triangolo d'ambra. Solo mezza lacrima, l'altra metà bloccata nell'esofago di Bölvun. Sospira profondamente. Perché non se n'è accorto fino ad ora? Non importa se crede nel destino o nella profezia di Frigg, in ogni caso questo è il suo compito. A partire da oggi, farà tutto il possibile per liberare Rulantica dalla maledizione. Perché Finja lo avrebbe voluto e perché è l'unica cosa giusta da fare!

Fino a quel momento, egli veglierà sull'isola e impedirà a uomini e dèi di nuocere a Rulantica. Mescolata alla sua tristezza c'è una determinazione tutta nuova. Raddrizza le spalle.

Il primo ostacolo è la porta chiusa a chiave. Mats solleva la sedia, la soppesa, la rimette giù e poi solleva la sedia dell'ufficio su cui di solito troneggia la direttrice. Potrebbe sbatterla con tutta la sua forza contro la porta. D'altra parte, non è particolarmente forte. Forse è meglio ascoltare prima di tutto quello che ha da dirgli Madame Noir, potrebbe fornirgli qualche elemento utile.

Solo ora capisce meglio le continue preoccupazioni

di Exena, ma ciò non significa che debba comportarsi esattamente come lei. Deve pensare attentamente a come procedere, la posta in gioco è alta. Per ingannare l'attesa e la sua impazienza, sfoglia il libro. Su Wali trova solo una frase: è uno dei figli di Odino, destinato a vendicare la morte di suo fratello Balder. Sugli altri due trova ancora meno informazioni: Magni e Modi sono figli del dio Thor. Punto. Non è molto! Non c'è da stupirsi che i tre stiano dando spettacolo, vogliono essere sotto i riflettori almeno una volta. Mats rimette la mappa e il libro al loro posto e mastica le noccioline. Speriamo che la direttrice possa dirgli qualcosa di più.

Proprio quando ha finito il pacchetto, la chiave gira nella serratura.

«E ora veniamo a te», Madame Noir arriva dritta al punto. «Cosa sai dello scheletro scomparso e della distruzione al museo?»

Il vecchio Mats avrebbe balbettato qualcosa o sarebbe rimasto in silenzio. Ma con Finja nel cuore, è forte e non lascerà che quella signora severa abbia di nuovo la meglio su di lui.

«Cosa sa di mia madre e di Rulantica?»

Un sorriso fa capolino sulla bocca di Catherine Noir. «Come tua madre! Sicuro di sé e sempre in grado di condurre una trattativa intelligente. Visto che mi hai mostrato la lettera, e considerato che purtroppo l'ultima volta ho spinto Malus tra le tue braccia, se ho interpretato bene il balbettio di Frieso, mi rendo conto che tocca a me parlare per prima!»

Mats cerca di non far trasparire troppo la tensione mentre la direttrice continua.

«Anche tua madre ed io eravamo membri dell'ACE, e siamo state abbagliate da Johan Malus per molto tempo. Vivika era una studentessa della sua classe e io... beh, non ne vado fiera ora, ma all'epoca avevo una liaison con lui.»

«Una li-cosa?» interloquisce Mats.

«Eravamo una coppia», spiega Madame Noir. «Volevamo anche dei figli, e quando questo progetto non andò in porto, Malus diventò sempre più scontento e inquieto. Lo tormentava non sapere a chi avrebbe lasciato in eredità la sua mente brillante e il suo genio, se non avesse avuto figli. Così, quando la leggenda di Rulantica giunse alla sua attenzione attraverso la tesi di una studentessa, divenne ossessionato dall'idea di poter diventare immortale.»

«Era un lavoro di mia madre?», chiede Mats.

Madame Noir annuisce. «All'epoca non aveva idea di cosa avrebbe causato. In realtà, stava facendo delle ricerche sulle saghe degli dèi norreni e si era imbattuta nel mito di Rulantica, che il poeta non incluse mai nella sua opera ufficiale. Probabilmente però, continuò a fare ricerche perché l'acqua della fonte aveva un'attrattiva molto forte anche su di lui.»

«Il libro nella vetrina è dello stesso autore?», interrompe Mats.

La direttrice annuisce. «Sì, questa è la sua opera omnia sulle divinità. Secondo le ricerche di tua madre, si dice che sia stato addirittura sull'isola di Rulantica, perché

Loki gli inviò un corno in segno di apprezzamento per la sua epopea. Ma l'isola gli stava così a cuore che volle proteggerla dalla scoperta, così tenne segreta ai posteri la sua esistenza e quasi tutti i suoi documenti.»

I pensieri si rincorrono nella mente di Mats. Può essere vero? A Rulantica non ha mai sentito parlare di nessuno, a parte sua madre, che sia mai stato lì e sia sopravvissuto. Ma questo non significa nulla, non ha sentito tutte le storie che sono avvenute nel corso dei millenni.

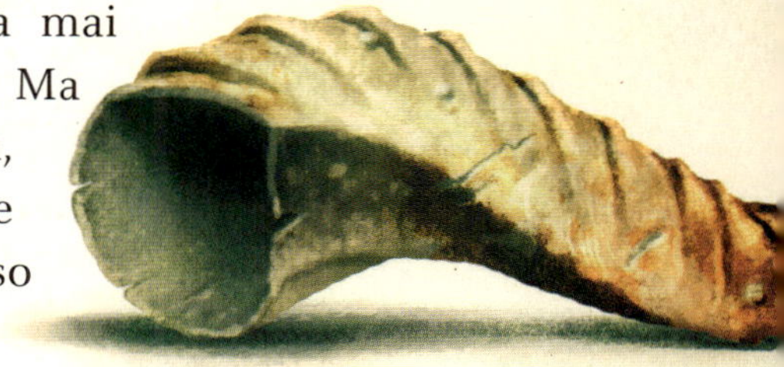

Madame Noir continua. «Come il poeta sia andato e tornato dall'isola, tua madre non riuscì a capirlo con esattezza, ma trovò degli indizi che suggerivano che Loki stava cercando di attirare di nuovo qualcuno sull'isola.»

«Chi?»

La direttrice si alza dalla sedia e si dirige a grandi passi verso i quadri ad olio sul muro. Si ferma davanti a un uomo con una barba folta e ben curata e un berretto di velluto obliquo con una piuma in testa. Serio e con una ruga profonda sulla fronte, li osserva dal quadro. «Sai chi è?»

Mats scuote la testa.

«Dovresti, era un importante re svedese. Gustavo I Vasa. Come molte persone potenti, non voleva che il suo regno passasse di mano alla sua morte.»

«Da qui le rughe dovute alla preoccupazione», ipotizza Mats.

«Molto probabilmente. Si dice che Loki abbia lasciato un corno anche a lui, ed è quasi certo che la *Tre Kronor* partì per l'isola su suo ordine. Perché non abbia fatto il bagno nella fonte nessuno lo sa; quello che è certo è che è morto, quindi non è diventato immortale.»

Mats non deve fare grandi ipotesi: certamente Exena e i Guardiani della Fonte fecero in modo che la nave non raggiungesse Rulantica. Di essa Madame Noir non ha mai sentito parlare, perché racconta: «Johan era convinto che sulla *Tre Kronor* avrebbe trovato il corno di Loki. Doveva solo individuare la posizione approssimativa dell'isola per raggiungere la sua destinazione. Tua madre si sentì responsabile perché con il suo lavoro aveva messo Malus su quella pista e si confidò con me. Da allora lavorammo insieme e diventammo anche buone amiche. Finché Johan non scoprì il nostro legame e ci fece espellere dall'ACE per aver cercato di impedire al Club di svelare nuovi segreti. Il nostro principale timore era che l'uso della fonte avrebbe scatenato un'antica maledizione, ma Johan era disposto a correre il rischio. La sua vita e la sua conoscenza erano tesori sufficientemente preziosi per cui sacrificarsi, diceva.»

Lo stomaco di Mats si contrae di rabbia: ricorda fin troppo bene il comportamento presuntuoso di Malus, qualsiasi mezzo gli andava bene, pur di sopravvivere.

Allora, insieme a Finja, si chiese perché fosse così importante per gli adulti vivere per sempre. Oggi conosce la risposta, perché darebbe qualsiasi cosa per riavere Finja. Perdere qualcuno fa male, ma perdere qualcuno che si ama è insopportabile. E uno come Johan Malus, che amava se stesso più di tutti, non sopportava l'idea di perdersi. Resta comunque crudele barattare una vita con un'altra.

Ci saranno sempre persone attratte dall'acqua della fonte. Anche se non si tratta di Catherine Noir: Mats comincia timidamente a credere nelle sue buone intenzioni. Frieso potrebbe essere il prossimo a pensare di essere indispensabile. O Gunnar. O il vecchio nemico di Mats, Bully. Potrebbero tutti scoprire Rulantica per caso. A questo pensiero, il cuore di Mats inizia a battere all'impazzata. In effetti, a pensarci bene, è una fortuna incredibile che nessuno ci sia ancora riuscito. Non basta tenere l'isola segreta; i segreti alla fine vengono quasi sempre a galla. Ancora di più quando Loki e ora gli dèi più giovani ci mettono lo zampino.

«A cosa stai pensando?», chiede Madame Noir.

«A come tenere la gente fuori dall'isola in modo permanente», confessa Mats. Pensa alle lezioni di Leggende, alla lettera di sua madre, al passaggio di Malus attraverso il muro di nebbia... e improvvisamente la soluzione gli è chiara.

«I corni!», grida. «Ecco la soluzione. Se non ci sono più corni con cui perforare il muro di nebbia, allora nessuno potrà raggiungere l'isola!»

Dice Madame Noir: «Anche io e tua madre giungemmo a una considerazione simile, allora.»

La voce di Mats quasi si accavalla. «Sì, sì, sì, è vero, per questo ha scritto che non ha trovato l'elmo, ma almeno ha trovato il corno. *Tutti* i corni provengono dall'elmo, giusto?»

La direttrice annuisce. «Sospettavamo che fosse un elmo magico, e che i corni ricrescessero immediatamente quando uno veniva staccato.»

L'euforia di Mats si smorza. «Sfortunatamente, questo significa che potrebbero esserci già un bel po' di corni contro la nebbia.»

Di nuovo Madame Noir annuisce. «Tuttavia, avrebbe senso togliere l'elmo dalla circolazione, così almeno non ce ne potrebbero essere di nuovi.»

«Ora ho qualcosa di utile da fare!» proclama Mats.

«Ma sai con chi avrai a che fare?» chiede Madame Noir.

Mats si era sbagliato su di lei, dopo tutto? Lui osserva il suo viso. «Con lei?»

La direttrice ride di cuore per la prima volta da quando la conosce. «Ma no! Pensi seriamente che condannerei Malus e per poco anche tua madre per poi fare altrettanto? Considero una vita eccitante e più che sufficiente!»

Aveva pensato esattamente questo, tuttavia Mats tace. Non vuole fare a meno del suo aiuto in questo momento.

Ad alta voce chiede: «Allora con chi avrò a che fare? Frieso?»

Madame Noir fa un gesto di disprezzo. «A lui penserò io, non diventerà presidente né nulla di significativo. Preferirei farmi eleggere Presidente io, prima che un altro pericoloso stolto ottenga quell'onorevole posizione; ho abbastanza amici e influenza all'interno dell'ACE per riuscirci. Ma di certo saprai da chi proviene la maledizione!»

«Da Loki... no, in realtà, da Odino», dice Mats.

«Sai il fatto tuo», Madame Noir sorride. «E hai nominato i due antagonisti che, sebbene siano entrambi periti nella battaglia degli dèi, erano abbastanza vanitosi da non rinunciare all'eternità.»

«Oh sì, lei ha assolutamente ragione! E i loro figli non sono da meno!»

«Non vorrai dirmi di nuovo che sono stati gli dèi a distruggere il mio museo?»

Mats alza la mano solennemente. «Lo giuro, se vuole. All'inizio non ci credevo nemmeno io, ma sono stati i figli di Thor a fare a pezzi tutto, e il figlio di Odino a riportare in vita il serpente!»

«Allora è proprio vero, il serpente *vive*?» La voce di Madame Noir si incrina.

«Eccome!» Mats sospira. «Quella bestia ha divorato mia sorella!»

«Quella bella ragazza con cui eri qui l'ultima volta e che assomigliava a tua madre? A parte il colore dei capelli, quello lo hai ereditato tu.»

«Sì, mia sorella gemella, Finja.»

«Ma qual è lo scopo di questi presunti dèi?» si chiede Catherine Noir.

«La maledizione deve avere effetto anche sul mondo umano», spiega Mats. «Se qualcuno farà il bagno nella fonte, Svalgur inghiottirà l'isola e Bölvun ingoierà gli uomini e Hävenborg. Non so se il serpente rispetterà l'ordine, ma questo è ciò che Wali gli ha detto di fare!»

La direttrice impallidisce. «Hanno raddoppiato la maledizione?»

«Esattamente», dice Mats. «Affinché ancora una volta tutti credano agli dèi e li venerino.»

Madame Noir lo esamina da cima a fondo. «Non ce la farai mai da solo, ragazzo! I tuoi avversari sono ancora più potenti di quanto pensassi! Lascia che ti aiuti, ho buoni contatti con scienziati rinomati. Potrei procurarmi una nave da ricerca, farti accedere agli archivi dell'ACE e di Malus, e contattare qualche collega per accompagnarti. Potrebbero cercare il relitto con te, potrebbero...»

«... scatenare la maledizione», la interrompe Mats. Scuote la testa. «Nessun umano deve avvicinarsi a Rulantica! Ed è meglio che nessuno sappia dell'isola!»

«Allora verrò io con te!» si offre con determinazione. «Sei il figlio della mia migliore amica, non ti lascio solo!»

La sua offerta e il suo affetto sono un toccasana per Mats. Ma, ahimè, non può accettare. Certamente i Guardiani della Fonte non si fiderebbero di lui, il figlio del traditore, se portasse con sé degli umani, anche se affermano di voler solo essere d'aiuto. Dovrà cavarsela da solo. No, per fortuna non proprio...

Mats sorride. «Non sono solo, ho con me il Kelpi più coraggioso e il miglior polpo di tutti i mari, e...» Esita brevemente e tocca il suo amuleto. «Ed è il mio destino.»

«Sei davvero come tua madre», dice Madame Noir con un sorriso. «Coraggioso e spericolato, con il cuore e la mente al posto giusto. Tuttavia, il rischio è enorme e vorrei poterti aiutare in qualche modo.»

«Potrebbe dirmi da dove iniziare a cercare», ammette Mats.

«Beh, purtroppo non so nemmeno io dove sia l'elmo, ma perché non ricominci da dove si è fermata tua madre? Forse troverai un indizio sulla *Tre Kronor*. Posso mostrarti su una mappa dove pensiamo che sia il relitto.»

«È un buon inizio», pensa Mats, e osa persino andare oltre.

«E la mappa disegnata nel libro nella vetrina? È sua?»

Madame Noir alza un sopracciglio. «Allora ti sei dato da fare... Beh, colpa mia...» Il suo sguardo vaga per la stanza, come se potesse controllare rapidamente cos'altro ha scoperto Mats, poi continua. «Per quanto riguarda la mappa, Johan l'ha disegnata analizzando tutti i possibili documenti che contenevano riferimenti a Rulantica. Io la nascosi. Ma anche senza, non poteva essere dissuaso dalla sua ricerca.»

XI

BISOGNA SAPERNE UNA PIÙ DI ODINO

Forti colpi e grida provenienti dal corridoio fanno rabbrividire Mats e Madame Noir. Sono tornati gli dèi? O il serpente? Sono come colpi di tamburo, martellano sulla porta dell'ufficio. La direttrice apre e deve rapidamente farsi da parte per evitare di essere colpita da un paio di zoccoli.

«Venn!» esclama Mats sorpreso. «Cosa ci fai qui?»

«Ti liberiamo!» dichiara il Kelpi.

Solo ora Mats riconosce Snorri che, seduto in groppa a Venn, raggiante di gioia sventola un dolcetto alla cannella preso chissà dove.

«Come può vedere», Mats si rivolge a Madame Noir, «ho tutto l'aiuto che mi serve!»

«Signora direttrice, sono profondamente dispiaciuto, ma la bestia non poteva essere fermata», spiega docilmente Frieso dietro Venn.

«Non è una bestia, Frieso, ma la speranza di due mondi», ribatte Madame Noir. «Buona fortuna a voi tre, contiamo su di voi! Tornerai a trovarmi se andrà tutto bene?»

Mats sale dietro Snorri, in groppa a Venn.

«Certo! Dovrà dirmi molto altro sulla mia mamma!»

«Lo farò, ragazzo mio, abbi cura di te!»

Mats parte al galoppo, dietro di lui sente Frieso dire: «Lascia andare quei criminali così?»

«Ah, Frieso, come può una mente semplice come la tua afferrare le interconnessioni della storia del mondo? Meglio che ti limiti a scopa e paletta!»

Questa è l'ultima cosa che Mats sente dire alla direttrice prima che il rumore degli zoccoli di Venn sulle scale sovrasti tutto il resto.

«Bel salvataggio!», ringrazia Mats. «Ma non era necessario!»

«Non potevamo saperlo prima», sbuffa Venn, che deve sforzarsi di non scivolare sui gradini e perdere l'appoggio.

«Sn, proprio così! E Frieso è rimasto fritto!»

All'inizio Mats pensa che Venn abbia camuffato la sua voce, imitando una campana o un bambino piccolo, finché non si rende conto che non era il suo Kelpi a parlare.

«Snorri!? L'hai appena detto tu?»

«Snar certo! Frieso è fritto, Frieso è fritto!»

«Da quando puoi parlare? Hai sempre detto solo sn e snr...»

«Guarda che il tuo borbottio non suona meglio. Tanti e tanti MA e OH e ancora più EHMMMM!»

Mats non può che sorridere. «Imitazione perfetta! Ma perché d'un tratto riesco a capirti?»

«Sei sempre stato in grado di farlo, proprio come con Venn, solo che non ci credevi!»

«Non si può imparare una lingua solo credendoci!»

«Sni, sni, sni», ridacchia Snorri. «Gli altri no, ma tu sì! Finja ti ha mai detto come ha imparato a usare la magia? Tutto le andava male finché...»

«Finché, quando ha combattuto contro Malus, senza pensarci due volte le è riuscito!» ricorda Mats.

«Sna, da quel momento ha capito di che pasta era fatta!»

«E anche io lo so adesso?», dubita Mats.

«Speriamo di sì», brontola Venn.

Senza ulteriori incidenti arrivano alla spiaggia. Il mare saluta Mats come un vecchio amico, mandando qualche nuvola bianca sulla sabbia umida, sulla quale Mats preme con piacere le piante dei piedi. Le onde stanno cantando: «Lui è tornato, tornato, tornato! Dov'è lei, lei, lei?»

«Incredibile, capisco persino le onde!», si meraviglia Mats.

«Sn, queste sono le onde postali di Kailani! Ogni vero abitante di Rulantica le capisce!» sostiene Snorri.

Dapprima Mats è felice. Quindi appartiene a Rulantica! Poi si ricorda del rovescio della medaglia. Se le onde scoprissero cosa è successo a Finja, diffonderebbero immediatamente la notizia. Così, Mats potrebbe sottrarsi alla sua responsabilità e lasciare che siano le onde a parlare, ma sarebbe piuttosto vigliacco. Deve confessare tutto a Kailani e Bror di persona. Con un po' di fortuna, troverà l'elmo, anche se sarà di scarsa consolazione per entrambi.

Per precauzione, Mats si gira verso Venn e Snorri, in modo che le onde vedano solo la sua schiena, e si mette un dito alle labbra. Sicuramente i suoi amici capiranno. Ad alta voce dice: «Sì, sono tornato!»

«Dov'è tua sorella, tua sorella, tua sorella?»

Un'altra piccola fitta di dispiacere... cosa avrebbero dato lui e soprattutto Finja mesi fa per avere la conferma dalle onde di essere fratelli... E ora si limitano a propagarsi e a scavare nella prossima ferita. Deve dire la verità senza svelare nulla. Se agisce in modo intelligente, potrebbe anche ottenere qualche informazione utile dalle onde. Mats affina la sua risposta mentre parla. «Finja... mhm, lo sapete, è già andata avanti.»

«Dove, dove, dove?»

«Voglio andare al relitto della *Tre Kronor*. Sapete dove si trova?»

Le onde cominciano a salire e a infrangersi sulla costa. Meno chiare di prima, in modo che Mats capisca solo i frammenti, esse si accavallano: «Nord... Sud... Est... Ovest... Sud... Ovest... Est... Nord... Est... Sud... Nord... Ovest...»

«Sni, sni, sni. Raramente le onde sono state così in imbarazzo per una risposta!» dice Snorri, ridacchiando.

«Meglio prevenire che curare», dice Venn.

«Nuota, nuota, nuota a a a nord, nord, nord e e e cerca, cerca, cerca a a a sud, sud, sud», finalmente dicono le onde, si infrangono ancora una volta e poi si ritirano alla velocità del vento verso il mare aperto.

«Uff, le onde e le loro risposte sibilline», dice Mats. «L'indicazione è imprecisa come la cartina di Madame Noir.»

«Ti sbagli», afferma Venn. «È trasparente come l'acqua! Rulantica è a nord di qui. E la *Tre Kronor* deve trovarsi a sud di Rulantica.»

«Allora stiamo per raggiungerla», nota Mats. «Andiamo!»

Mats è contento di non dover cercare da solo. Tanto più che il senso dell'orientamento di Venn è molto migliore del suo e Snorri gli stringe la mano con uno dei suoi tentacoli e gli dà conforto proprio quando a Mats manca Finja.

Si immergono nei flutti. Venn davanti e Mats e Snorri dietro. Nel museo, Mats ha pensato che non si sarebbe mai più sentito vicino a Finja come sul luogo dell'incidente. Ma più si addentra nell'acqua salata, lasciandosi scivolare in mare fino alla vita, bagnandosi le braccia e le spalle con le prime nuotate, più si rende conto con chiarezza che qui è molto più vicino a lei. Anche se Finja aveva imparato a camminare, il mare rimaneva il suo elemento, così come Mats probabilmente si sarebbe sempre sentito un po' più legato alla terra, preferendo respirare aria e non acqua. Ma nell'oceano i suoi ricordi prendono vita, può immaginarla ancora nuotare accanto a lui, mentre gli mostra come muoversi sott'acqua. Involontariamente Mats deve sorridere, è bello avere Finja nei suoi pensieri!

Poi qualcosa inizia a pulsare sul suo petto. Delicatamente, ma inequivocabilmente. Mats smette di nuotare con le braccia e si mantiene fermo solo con le gambe. Afferra l'amuleto, che continua a pulsare nella sua mano. Come un secondo cuore!

Mats trattiene il respiro, sente il polso sul collo con l'altra mano. Il suo stesso cuore batte allo stesso ritmo, all'impazzata, dando voce alla sua speranza.

Venn e Snorri notano che Mats è rimasto indietro.

«Stai bene?» chiede Venn.

Invece di rispondere, Mats apre un po' la mano, tenendo l'amuleto. Un tenue bagliore brilla tra le sue dita.

«Non... non l'ha mai fatto prima!», Mats fa un respiro profondo prima di osare dirlo ad alta voce. «L'amuleto vuole mostrarmi qualcosa!»

Venn e Snorri lo guardano impazienti.

«È il mio legame con Finja. E pulsa come un cuore che batte. Potrebbe essere... penso che sia ancora viva!»

Finja

Poc, poc, poc...

Il battito è delicato, ma chiarissimo. Si spande nel silenzio assoluto presente fino a quel momento intorno a lei e che sentiva anche dentro di sé. Ma con quel piccolo suono, la vita ritorna dentro di lei.

Apre gli occhi più che può, ma non cambia nulla. È tutto nero, non è possibile orientarsi. L'unica cosa che percepisce, anche troppo, è l'odore. Un odore così orribile da farla star male. Se è morta non può sentirsi male, quindi è un segno che è viva? Difficile da dire. Ma il battito che l'ha svegliata le ha ricordato qualcosa. Il battito del suo cuore. Ora riconosce un tremolio, un minuscolo punto di luce soltanto, ma che apre un intero universo e porta con sé il ricordo. Solo frammenti, ma importanti.

Delicatamente verifica che tutto sia ancora al suo posto: due braccia, due gambe, corpo, testa. Non manca nulla. Ma dove si trova? È sdraiata, questo è chiaro, mentre una gamba penzola in aria e qualcosa di duro preme sulla sua schiena. Con cautela, cerca di mettersi a sedere ma subito si sdraia di nuovo, la superficie è stretta e scivolosa, e non appena si muove, rischia di cadere. La piccola luce davanti al petto non è sufficiente per vedere dov'è caduta, ma il naso le rivela che è da lì che proviene il fetore.

È così bello l'oggetto che le batte sul petto! Traccia alcune linee curve con il dito, sente la pietra semicircolare. Fa una pausa: sono solo graffi oppure... no, c'è qualcosa: un nome.

Finja.

È lei? Sì, è giusto! Lei è Finja ed è viva. Solo dove, ancora non lo sa. Nella sua memoria, una testa gigantesca si è materializzata davanti a lei, occhi freddi e spietati con due fessure verticali come pupille. Lei sussulta. Come ha potuto dimenticare il serpente? L'ha trangugiata, poi è diventato tutto buio. Finja comincia a capire. È finita all'interno del serpente. Quanto tempo si può sopravvivere nel corpo di un serpente?

Un'onda d'urto si diffonde tutto intorno. Resistere, in qualche modo deve resistere!

Qualcosa la spinge ad andare avanti. L'aria diventa soffocante ed è a malapena sufficiente per respirare, fa caldo ed è stretto. Il fetore è insopportabile: pesci morti con bava di medusa. Non è solo perché è alghetariana che a Finja viene da vomitare. Da qualche parte, probabilmente dallo stomaco, si alzano dei fumi che sono sicuramente tossici e contengono abbastanza acido da digerire un intero banco di pesci. Se si lascia andare ora, finirà per decomporsi.

Deve assolutamente uscire da lì, almeno dall'altra parte del serpente, preferibilmente in direzione della testa. Chissà se il mostro sa che è ancora viva lì dentro... Ha davvero una possibilità di tornare libera?

«Devo arrivare alla testa... Dov'è il sopra? Dov'è il sotto? O il davanti e il dietro? Dov'è l'uscita? Non ne ho idea.» Finja diventa infinitamente lenta, tutto in una volta.

Con le sue ultime forze, dà un colpetto alla piccola cosa scintillante. No, no, non smettere di brillare o non vedrò nulla!

Un ultimo poc...

Qualcosa le impedisce di cedere completamente al torpore. Non è quel battito di speranza. È il dolore nella parte superiore del braccio sinistro. Lo sente con le dita e si ritrae. Anche senza vederlo, sente il cambiamento. Le ferite erano guarite da tempo. L'immagine del pesce era ancora riconoscibile, ma solo come un innocuo tatuaggio. Ora ci sono graffi profondi, come se i contorni fossero stati scavati nella sua pelle.

Il ricordo la fa quasi svenire di nuovo. Il dolore al braccio l'aveva lasciata completamente paralizzata e senza volontà. Il tatuaggio del pesce ha avuto gioco facile, l'ha costretta ad avvicinarsi al serpente. Non era stata in grado di scappare dalle sue fauci, ma aveva dovuto lasciarsi trasportare e divorare. Non appena raggiunta la sua destinazione, il pesce è uscito a forza dalla sua immagine e dal suo braccio. È uscito nel ventre della bestia, diventando sempre più grande, parte del corpo del serpente, sempre più vivo.

Finja non riesce a capire se il pesce è diventato il serpente o il serpente è diventato il pesce gigante. Ma una cosa le è chiara: è lui a comandare. È tollerata solo finché non si ribella.

Le piacerebbe credere che lui l'abbia dimenticata, ma se è chi Hel pensava che fosse, allora lei è ancora viva per una ragione. Deve assolutamente scoprire quale. Forse le darà un indizio su come scappare. Ci deve essere un modo. Ha così tanto da fare! Ora più che mai, dato che la maledizione è raddoppiata.

Il suo litigio con Mats le pesa più di tutto. Lacrime di disperazione scorrono sul suo viso. Perché stava litigando con Mats? Perché non si è riconciliata con lui prima che il serpente la inghiottisse? Ora penserà per sempre che, per lei, Rulantica è più importante di lui. Ma questo non è affatto vero! È così contenta di averlo trovato. Oh, se solo avesse la possibilità di fare pace con lui.

«Mats, aiuto, Mats! Devi salvarmi! Fratello caro, sai almeno dove sono e che sono ancora viva?»

XII

MARE DIVISO

La speranza di Mats che Finja possa essere ancora viva è seguita dalla paura di aver frainteso l'amuleto. Il momento peggiore è quando il bagliore del ciondolo dorato si spegne. Mats preferisce non immaginare cosa potrebbe significare. È contento che Venn lo porti in mezzo all'acqua, così può abbandonarsi ai suoi pensieri. Snorri si siede di fronte a lui, a riflettere.

«Snr, sn, tu, Mats? Pensi davvero che Finja sia ancora viva?»

Mats percepisce la preoccupazione di Snorri. Gli mostra l'amuleto.

«Fino a poco fa, ero sicuro...»

«Sn! E dove? Dov'è?»

Mats teme la risposta.

Anche Venn, a quanto pare. «Non ti piacerà la mia ipotesi.»

«È imprigionata dentro il serpente», ammette Mats a se stesso e ai suoi amici.

Snorri si tira su, spaventato. «Sni-iii!»

«So che dobbiamo tirarla fuori da lì in qualche modo! Ma come facciamo?»

«Sna, sna, sna, cerchiamo il serpente e...» Snorri agita i suoi tentacoli e mima uno strangolamento.

«Ah, Snorri, nemmeno i tre dèi potrebbero fermare Bölvun», geme Mats.

«Hai intenzione di arrenderti ancora prima di averci provato?» chiede Venn, inorridito.

«Certo che no! È mia sorella! Ma dove troviamo questo maledetto serpente?»

«I mondi marini sono infiniti, potrebbe essere ovunque e da nessuna parte!» ammette Venn.

«Snab, snab!» dice Snorri.

«Snab, snab? Cosa significa? Non è così facile da sfamare!» Mats non è sicuro di comprendere appieno la lingua di Snorri.

Snorri apre la bocca e punta un tentacolo all'interno, finalmente Mats capisce cosa intende.

«Stai parlando di cibo! Il serpente cercherà qualcosa da mangiare.»

«Sna, logico!»

«Hai assolutamente ragione, dopo tanto tempo in un museo sotto forma di scheletro avrà di certo una gran fame. Ma dove trova abbastanza cibo un mostro come quello?»

«Nel Mar Glaciale Artico», ipotizza Venn. «È lì che ci sono più pesci!»

«Allora dobbiamo andarci subito! Il relitto della *Tre Kronor* può aspettare, Finja no!» decide Mats.

«Per noi, entrambi sono sulla stessa rotta»,

dice Venn. «Prima di trovarla però, dovremmo inventarci un modo per liberarla.»

Mats riflette a lungo, scartando un piano dopo l'altro. Bluffare come con lo squalo, avvelenare, uccidere, persuadere... Sono tutte soluzioni impossibili con un serpente così mostruoso! Di certo non starà ad aspettarli dietro la prossima barriera corallina e non si farà attirare da un'esca. A parte il fatto che non hanno un'esca adatta. Trovarlo è difficile, sconfiggerlo è quasi impossibile. La speranza iniziale di Mats diventa sempre più labile a ogni bracciata verso nord. Anche i suoi due amici condividono il suo stato d'animo e sono estremamente silenziosi. Persino Snorri non è in vena di scherzi.

Improvvisamente qualcosa cambia da una bracciata all'altra. L'acqua offre più resistenza senza una ragione apparente.

«Lo sentite anche voi? Come se l'acqua qui fosse meno liquida di qualche metro fa?», chiede Mats.

«Sna, anche se sembra la stessa!» dice Snorri.

Lentamente, Venn si sposta un po' più avanti, poi Mats si china e gli mormora all'orecchio: «Fermati, per favore, c'è qualcosa che non va qui!»

È meglio non dirlo più forte, anche se è solo una sensazione. Eppure, Venn reagisce immediatamente. Si fermano, tutti i sensi sono in allerta, ma all'inizio si sente solo un suono discreto, che ricorda a Mats la carta strappata in due, non con un colpo secco, ma deliberatamente, millimetro per millimetro, come se lo strappo venisse eseguito con estrema precisione.

Con stupore, Mats osserva che c'è davvero una spaccatura che divide il mare proprio di fronte a loro, come una cortina d'acqua che si apre. Una forza silenziosa con un potere enorme. Alte mura si alzano alla loro sinistra e alla loro destra, e lui e i suoi amici si trovano davanti allo stretto passaggio che li separa.

«Vedete anche voi quello che vedo io?» chiede Mats, sempre a voce bassa. «Il mare è diviso in due!»

«Non ho mai visto nulla di simile!» si meraviglia Venn. «E tu, Snorri?»

«Snö!»

Mats esamina più da vicino le pareti d'acqua. Quando prova a toccare delicatamente il lato sinistro, l'acqua si ritira. Sul lato destro si trasforma in gradini che portano giù. Solo ora Mats si accorge che c'è una profonda fossa che corre lungo il fondo del mare.

Si rivolge a Venn e Snorri.

«Forse il mare sta cercando di attirarci verso il basso...»

«Ignoralo!» dice Venn. «Il nostro obiettivo non è cambiato solo perché l'acqua è diversa!»

Snorri strizza gli occhi verso la fossa. «Non sono mai stato così in basso...»

Mats riflette. Un tempo, avrebbe preferito scappare. In realtà vorrebbe farlo anche ora. Ma vuole più di tutto salvare sua sorella. Nessun precipizio lo fermerà. Non vuole pentirsi di aver tralasciato un'opportunità.

«Andrò a vedere, ma da solo!», dice.

«Sbagli», brontola Venn. «Preferisco venire con te!»

Mats scuote la testa. «Per favore, vieni a cercarmi solo se non sono di ritorno per il tramonto!»

Snorri avvolge i suoi tentacoli intorno alla mano di Mats.

«Se qualcosa va storto, devi continuare a cercare Finja... Snorri, lo prometti?»

La bocca di Snorri trema, non riesce a rispondere, ma annuisce solennemente e lo lascia andare.

Mats mette i piedi sul primo gradino, è circondato dall'acqua, eppure è solido come se fosse scolpito nella pietra. Lentamente scende. Non appena Mats cerca di dare un'occhiata più da vicino alla scala, questa si scioglie sotto il suo sguardo. Sorprendentemente, questa discesa nell'ignoto non lo preoccupa più di tanto; è accompagnato dalla fiducia che sta facendo la cosa giusta. Più scende, meno la luce del sole riesce a penetrare verso il basso e finisce per scomparire completamente. Cosa lo attende? O chi? Chi è così potente da dividere il mare?

«Sono felice che tu abbia accettato il mio invito», dice una voce in mezzo ai suoi pensieri.

Mats non riesce a vedere nulla, sembra una donna, non saprebbe dire se giovane o vecchia. Spalanca gli occhi il più possibile per individuare chi gli sta parlando. Con i piedi cerca di individuare la strada che ha davanti... qualche altro gradino...

L'ultimo conduce a una lastra di pietra bianca come la neve, che giace sul fondo del mare come una zattera affondata e allo stesso tempo rappresenta una fonte di luce. Sopra la lastra si trova un cubo luminoso. Mats non vede pareti e non capisce come funziona, c'è solo quella luce misteriosa. Fuori dal cubo, tutto continua a essere nero e imperscrutabile. Alla fine della lastra, una giovane donna siede a gambe incrociate e medita o dorme, Mats non riesce a capirlo.

Mats guarda il profilo della sconosciuta. Un naso minuscolo che spicca appena dal viso uniforme, il mento energicamente sollevato un po', le labbra carnose, ma chiuse. I lunghi capelli bianchi e un'ampia veste svolazzano intorno alla sua figura come se una brezza stesse giocando con loro, anche se non c'è vento. Un braccio delicato poggia rilassato sul ginocchio.

«Sei... sei Frigg?» chiede Mats.

Una palpebra comincia a tremolare.

«Perché voi ragazzi dei Falor pensate sempre a me come a una dea del passato?»

Mats ricorda la storia di Finja. «Allora, sei Hel?»

L'occhio si apre completamente, ma non si rivolge ancora a Mats.

«Ho pensato che fosse il momento giusto per chiedere un favore. Ma dov'è tua sorella?»

Mats ha un groppo in gola. «Gli dèi hanno riportato in vita un serpente di nome Bölvun, che ha divorato Finja.»

Una ruga si fa strada sulla fronte immacolata della dea.

«Chi è stato? Vidar? Wali? I fratelli Thor? Loro no di certo! Questo va oltre le loro capacità!»

«Vidar non lo conosco. È stato Wali. Magni e Modi lo hanno aiutato.»

«Che sciocco! Come ha potuto essere così sconsiderato

con il Respiro divino!» L'atteggiamento rilassato di Hel è sparito. «Il serpente avrebbe fatto meglio a ingoiare quei tre invece di tua sorella!»

Mats non può essere più d'accordo. Hel sta diventando visibilmente più inquietante. La leggera brezza intorno a loro si è trasformata in una tempesta. Si alza e ora Mats vede il suo altro lato, scuro e senza vita. Un teschio si volta verso di lui e lo guarda fisso. Sta tremando.

«Come hanno potuto! Tutta la mia fatica per niente!» si infuria. «E la sirena... come al macello!»

Mats deve ricorrere a tutto il suo coraggio per fare una domanda.

«Tu... stai parlando di Finja?»

«Di chi altro? Non avrei dovuto permetterle di liberarlo!» geme Hel.

Chi ha liberato Finja? Nella mente di Mats si stanno rincorrendo tutti gli eventi e le storie. In qualche modo è tutto collegato, ma lui fa fatica a seguire il filo del discorso.

«Vuoi dire il pesce dalla rete?»

«Un pesce!» Hel sbuffa. «Se solo lo fosse ancora! Si tratta di mio padre. Come spesso accade!»

«Loki», mormora Mats, un brivido gelido gli corre lungo la schiena. Come ha detto Madame Noir, i suoi avversari sono potenti!

Hel annuisce cupamente. «Proprio così! Dal Crepuscolo degli dèi, sta cercando una scorciatoia per tornare.»

«Ma come...»

«Non essere stupido come un mortale», dice Hel irritata. «Se si può dare vita a un serpente, si può dare vita a un pesce. Quindi tutto quello che il pesce doveva fare era arrivare al serpente...»

Mats la fissa, cercando di comprendere ciò che ha appena sentito. «Mia sorella... è stata divorata a causa della cicatrice sul suo braccio? Perché... perché così il pesce Loki avrebbe potuto tornare in vita come serpente?»

«Proprio così!»

«E che ne sarà di lei? È ancora viva?»

Hel risponde. «Può darsi, nel mio regno non l'ho accolta.»

«Quindi è davvero dentro al serpente?»

«Se è fortunata è dentro al serpente, se è sfortunata è nel suo stomaco», spiega Hel senza mezzi termini.

«Per quanto tempo può sopravvivere?»

«Domanda difficile, non credo che nessuno ci abbia mai provato prima di lei.»

«Forse il serpente finirà per rispu...» Mats non riesce a dirlo. «...liberarla?»

Hel sorride amaramente. «Ti aspetti pietà in cambio di pietà? Solo perché lei lo ha liberato in passato? La clemenza non è e non è mai stata una caratteristica di mio padre. Ricorda che l'ha addirittura morsa per ringraziarla! È meglio pregare che non la consideri inutile.»

«Cosa posso fare? Ci deve essere qualcosa che posso fare!», supplica Mats.

Il lato bianco e quello nero di Hel lottano tra loro, a seconda di quale occhio lo fissa, la luce nel cubo diventa più luminosa o più scura. Dopo un po' di silenzio, dice:

«Trovati un'esca.»

Mats attende, ma non ottiene altro. È questo il consiglio? La disperazione di Mats prende il sopravvento. Questi dèi si comportano sempre in modo così superiore, ma non sanno mai nulla. Non riesce più a trattenere la sua amarezza e la sua delusione.

«Certo, pesco ogni settimana serpenti giganti divini... Che ne dici di una bella aringa? O forse gli piacciono i dolcetti alla cannella come a Snorri?»

Un sorriso tirato appare sulle mezze labbra di Hel. «È rincuorante scherzare con la morte, te lo concedo. Ma non provarci con mio padre! Se è davvero nel serpente, vorrà recuperare rapidamente la sua forma divina e il suo vecchio potere. Qualsiasi mezzo andrà bene per lui!»

Mats riconosce la minaccia, ma anche questa non lo aiuta. Perplesso, guarda la fossa scura intorno a lui. Esca, esca, esca... cosa desidera Loki così tanto?

«In che modo tuo padre potrebbe riavere il suo potere e la sua forma?» chiede Mats.

Hel continua a vagare inquieta nella sua luce. «È quello che ho cercato di capire per millenni. Deve aver lasciato qualcosa qui, ma non mi ha mai detto né dove né cosa.»

Mats non riesce ancora a dare un senso al suo comportamento. Vuole aiutare suo padre o no? Dovrebbe essere felice che lui sia di nuovo vivo. O è diverso per gli dèi? Se Loki non si fidava di lei, lei si fida di lui? E perché Hel gli sta dicendo tutto questo?

Un'intuizione colpisce Mats come un fulmine. Hel vuole sondarlo! Vuole sapere se lui sa qualcosa. Qualcosa che gli dèi non sanno... sì, ha senso! Qualcosa che gli umani sanno, ma non necessariamente gli dèi, perché Loki lo ha nascosto a loro, come Rulantica dietro la cortina di nebbia.

«L'elmo!» esclama Mats.

Il cubo luminoso lampeggia e fa brillare Hel.

«Il suo elmo! Ragazzo intelligente, se fosse in tuo possesso, sarebbe un pegno più che adatto per liberare tua sorella! Niente è più sacro per mio padre di quell'elmo.» Subdolamente, chiede: «Sai dov'è?»

Mats esita. «Non sarebbe meglio distruggerlo?»

E soddisfare così l'ultimo desiderio di Finja di salvare per sempre Rulantica da un'eventuale scoperta, aggiunge nei suoi pensieri.

Hel ride. «Distruggerlo? L'elmo di Loki? Nessun uomo può farlo. Nessun dio potrebbe. Tranne Thor, in passato. Forse. Ma, ahimè, tu sai già chi è oggi a brandire il suo martello!»

Con cautela, si mette il cappuccio sul capo e lo tira sopra la metà scura del viso. Come se così potesse dimenticare la sua esistenza...

«Bene, Mats Stenrokk! Dov'è l'elmo? Dillo in fretta, prima che la mia pazienza si trasformi in impazienza! Bada bene, so riconoscere i bugiardi!»

L'avidità nella sua domanda ora è inconfondibile. Mats si morde forte le labbra. Ora non bisogna dire nulla di falso! Sta cercando una frase che nasconde tutto e tuttavia non mente.

«Vorrei saperlo!»

Hel lo guardò seriamente. «Segui il mio consiglio. Se lo trovi, sentiti libero di usarlo per cercare di salvare tua sorella! Qualsiasi altra cosa, soprattutto la sua distruzione, toglitela dalla testa!»

La dea è e rimane sinistra, per Mats. Non è sicuro di quanto possa fidarsi di lei. Era deciso a trovare l'elmo in ogni caso, ma quello che ne farà dipende ancora da lui.

«Va bene allora, vado a cercarlo!», Mats inizia ad arretrare.

«Hai compreso il valore del mio consiglio, spero?», lo ferma Hel.

«Ehm, grazie mille!», prova a dire Mats.

Sorride in modo criptico. «I tuoi ringraziamenti mi onorano, ma mi devi comunque un favore! Ora ho un doppio favore da esigere... Bene, questa giornata finisce meglio di come è iniziata!»

Mats non la contraddice. Lei è una dea per la quale il mare si divide, e lui è un mezzo tritone che non sa nemmeno avere la meglio su un compagno di classe o una guardia del museo. Sarà fortunato se ne uscirà vivo.

«Ci vediamo allora», dice, facendo un passo indietro mentre cerca il primo gradino con la punta dei piedi.

«Troppo presto!» ribatte Hel.

Finja si sta facendo strada verso la testa. Almeno spera di essere diretta lì, e non verso la coda. Non si accorge nemmeno più dei movimenti regolari del serpente. E non ha più la nausea per l'aria soffocante. Tuttavia, spesso deve fermarsi, perché le manca il fiato. Ma finché avrà forza, non si arrenderà.

Le sue dita trovano a malapena un punto d'appoggio nell'ambiente scivoloso, si aggrappa a ogni piccola protuberanza o piega con le ginocchia e le dita dei piedi. Cercando di bloccare quella melma onnipresente. Ancora e ancora scivola un po' all'indietro e deve combattere il panico che la invade al pensiero di non uscire mai più da lì. Non sarebbe stato meglio morire subito che perire miseramente poco a poco? Senza acqua, senza cibo, senza speranza. Ma non si arrende.

Improvvisamente i movimenti del serpente cambiano. Scivola in modo un po' più irregolare. Come se fosse cambiato il terreno su cui si sposta. Finja non può sapere cosa significhi, ma qualsiasi cambiamento potrebbe essere un indizio di dove sono e cosa sta facendo il serpente.

Qualcosa lo spinge, Finja sospetta, è l'unica spiegazione del perché non si sia ancora fermato. Non gli interessa neppure il cibo. Finja si accorgerebbe se tonnellate di pesce finissero nel lago acido sotto di lei. Ma il serpente ingerisce solo krill, senza fermarsi. Finora, almeno, si è mosso sempre in avanti. Senza fermarsi, senza dormire o appostarsi, senza cacciare. Il primo cambiamento evidente è stato un sobbalzare a rompicollo.

Finja si aggrappa più forte che può, per evitare di cadere nel lago dei succhi gastrici. Se non si sbaglia, il serpente sta girando intorno a qualcosa, una, due, tre volte, più veloce, più veloce e ancora più veloce. Per la prima volta anche Finja li sente. Un sibilo d'impazienza, corrispondente ai cerchi che si stringono. Lo stomaco di Finja sta facendo le capriole... Non finirà bene...

Improvvisamente, il vortice si ferma. Finja allenta un po' la presa e se ne pente subito. Apparentemente il serpente si raddrizza e Finja cade qualche metro in profondità. Riesce a malapena ad aggrapparsi.

«Gussstavo, mosssstrati!» sibila, in modo appena udibile da Finja.

Tesa, ascolta. Sfortunatamente, la pelle del serpente è troppo spessa per accorgersi di cosa succede fuori. Finja può sentire solo parte di ciò che dice il serpente.

«Dov'è? Portalo qui, essssere inutile, o te ne pentirai! Zzzssss!»

Il corpo pesante ricade all'indietro e continua il suo viaggio inquieto. Finja cerca di interpretare ciò che ha udito. Ha senso il suo piano per liberarsi? Non sta facendo progressi, dopo tutto. Con un ultimo sforzo, riesce a far scivolare una mano al collo, le sue dita cercano l'amuleto. Oh, fratellino!

XIII

IL CIMITERO DELLE NAVI

Una volta salito l'ultimo gradino, tutto intorno a Mats comincia a tremare. Il mare non può essere domato, le pareti d'acqua vanno alla deriva l'una verso l'altra e vogliono riunirsi.

Nello stretto spazio, Venn e Snorri aspettano rannicchiati insieme. Non appena il ciuffo di capelli rossi di Mats emerge dall'abisso, un tentacolo si allunga verso di lui.

«Presto, aggrappati a me!» lo esorta Venn.

Nello stesso momento, le pareti si incrinano. La pressione delle masse d'acqua in collisione spinge i tre amici verso l'alto. Venn salta tra le onde, con un nitrito selvaggio e irrefrenabile. Mats e Snorri si aggrappano al suo collo fino a quando le onde non si placano.

Solo allora Mats può raccontare del suo incontro con Hel. Inizia con la buona notizia: «Finja potrebbe essere ancora viva!»

Gli occhi di Snorri iniziano a brillare, ma solo finché Mats non arriva alla parte brutta. «Hel è convinta che il serpente sia in realtà Loki e...»

«Sniii! Snö, snö, snö, snö.» Snorri respira a fatica, inquieto. «Cosa farà il dio malvagio alla nostra isola?»

Mats lo circonda con un braccio. «Tranquillo, Snorri. Dobbiamo solo trovare la *Tre Kronor* e tutto andrà bene!»

Non vuole che Snorri si spaventi ancora di più, così Mats tralascia i dettagli del suo piano pieno di incognite. In realtà, più per distrarlo che per avere una risposta, batte sul piccolo elmo di Snorri.

«Dimmi, Snorri, hai mai avuto un elmo diverso da questo?»

Il polpo si allontana un po' e tiene il suo elmo per le due piccole corna. Lentamente, scuote la testa. «Sno! Questo è l'elmo di Snorri!» insiste.

«Ma io lo so, non preoccuparti, non voglio togliertelo», dice subito Mats.

Meglio tenere per sé la questione dell'elmo per ora. Come reagirà Snorri se userà un elmo come esca per il serpente? Inoltre, deve ancora capire cosa fare in ogni caso. Naturalmente rivuole Finja, e per questo quasi ogni mezzo è lecito per lui. Tuttavia, può continuare a rischiare che Rulantica venga trovata da un umano? Finja non lo vorrebbe. Non ha nemmeno bisogno di chiedere a Exena e Kailani, loro metterebbero sempre la protezione dell'isola al di sopra del benessere del singolo. Ma non spetta a loro decidere, spetta a Mats, e lui esita. Ci deve essere un'altra soluzione, una con cui liberare Finja dalla pancia del serpente di Loki *e* salvare l'isola. Ma deve prima trovare l'elmo.

«Ecco!» sbuffa Venn.

Mats non risponde.

«Là», ripete Venn.

Mats continua a non rispondere.

«Stai sognando a occhi aperti? Siamo arrivati!» dice Venn.

«Io? Sì... No, non è un sogno...» borbotta Mats.

«Eccolo, il cimitero delle navi del sud!» dice Venn.

«C'è un intero cimitero?» si meraviglia Mats.

«Exena è stata molto accurata nel corso delle maree», spiega Venn.

Mats ricorda la spiegazione trionfale di Malus secondo cui le navi affondate marcavano il perimetro dell'isola come un faro.

Osserva le numerose navi che giacciono in fondo al mare, sotto di lui. Questo posto sembra ancora più desolato della spiaggia di Skipstrand appena fuori Rulantica. I relitti colati a picco giacciono gli uni accanto agli altri, coperti di alghe e incrostati di calcare di conchiglie. Di alcuni di essi rimangono solo pochi frammenti. I loro scafi sono incrinati, i loro alberi rotti. Le tavole marce si incastrano e si ammucchiano l'una sull'altra. Non sarà sicuro girovagare in un tale labirinto. Alcune delle navi stanno ancora resistendo alla decomposizione e sembra che Exena le abbia mandate in fondo al mare solo l'altro ieri. Oltre a diverse barche da pesca e velieri, Mats scopre anche un piroscafo e una moderna nave passeggeri. Se non fossero affondati, avrebbero potuto trovare posto in un museo, dei reperti, un viaggio nella storia della navigazione.

Mats, Venn e Snorri scendono verso il fondo e sono a solo mezzo metro dai primi relitti. L'idea che ognuna di queste navi sia anche la tomba del suo equipaggio mette a disagio Mats.

Per non pensarci, fa una domanda ai suoi amici:

«Perché alcuni sembrano meglio conservati di altri?»

«Gamberi pulitori», spiega Venn in modo brusco.

«Gamberi pulitori?» chiede Mats.

«Non hai mai visto una delle loro colonie?»

«No.»

«Sono magicamente attratti dal limo, dalla sporcizia e dalla decomposizione», spiega Venn. «Nessuno sa perché, ma divorano qualsiasi traccia di decadenza!»

«Sna!», Snorri indica alcune sottili bestioline rosse con lunghe antenne bianche che si aggirano intorno agli scafi affondati, rosicchiando qualcosa di appena visibile a occhio nudo. «Preferiscono riunirsi dove si trovano già altri esemplari.»

«Forse possiamo chiedere loro dove si trova la *Tre Kronor*?» suggerisce Mats. «Sono sicuro che sarebbe più veloce che esaminare ogni relitto singolarmente. Potrebbe essere uno qualsiasi dei vecchi velieri...»

«Snr, snr, ha quattro alberi», afferma Snorri. «E cannoni su ogni lato.»

Mats lo guarda stupito, poi si dirige obbediente verso un veliero a quattro alberi per dare un'occhiata più da vicino, ma Snorri lo tira per la manica e scuote violentemente la testa.

«Sno, sbagliato, sbagliato! Cerchiamo uno stemma con tre corone d'oro su un'onda blu!»

Mats guarda il suo amico. «Come fai a sapere tutte queste cose? Ti comporti come se avessi già visto la *Tre Kronor*...»

Snorri annuisce solerte. «Sna, sì, l'ho vista!»

«E io che pensavo di conoscerti, Snorri...» brontola Venn.

«Sna, è stato molto tempo fa.» Per un momento Snorri appare più vecchio e introverso.

«Quanto tempo fa?» chiede Mats.

Snorri usa i tentacoli per contare. Un tentacolo, due tentacoli, tre tentacoli, quattro tentacoli... il quinto lo tira di nuovo indietro per metà.

«Shm, quattrocento cambiamenti del sole o giù di lì...»

«Cosa!?», Mats si aspettava quattro o cinque anni. Snorri sta certamente facendo confusione!

«Ma quanti anni hai?»

Anche in questo caso, il polpo conta: «Sn, uno, due... 470!»

«Stai mentendo», dice Mats.

Ma Snorri scuote vigorosamente la testa.

«Snö, snö! Quando la *Tre Kronor* arrivò a Rulantica, avevo sette anni!»

Mats quasi si strozza con l'acqua di mare.

«Tu? Eri lì allora?»

Snorri sorride e annuisce. «Sn! Volevano rubare l'acqua della fonte per il loro re. Tranne Fin, lui era mio amico!»

«E sono arrivati all'isola?», chiede Mats.

«Sna! Ma Exena e Kailani hanno impedito loro di raggiungere la fonte. Allora combattevano ancora insieme, sai.»

«Ma la nave è fuori dalla zona delle tre miglia, vero?» nota Venn.

«Sna, Fin implorò pietà per il suo equipaggio, così lasciarono andare la *Tre Kronor*. Ma Kailani non si fidava di loro, nonostante Fin. Mi mandò a cercarli perché io potevo attraversare la nebbia e il Popolo del Mare no.»

«E aveva ragione?», chiede Mats.

«Sn, purtroppo sì! Alla fine invertirono la rotta di nascosto e riempirono un barile con l'acqua della fonte.»

«Ma non sono andati molto lontano, giusto?» ipotizza Mats.

Snorri allunga il collo con orgoglio. «Sna! Ho gettato il barile in mare. Stupidamente, ci sono caduto dentro...»

Mats ora capisce tutto. «Incredibile! Sei immortale, proprio come Kailani ed Exena! Ma la maledizione di Odino non si applica agli animali, quindi non è successo niente?»

«Snr, a noi no, ma alla nave sì. Vedete, Exena mandò una dozzina di squali sega dietro di loro perché la sua onda di ghiaccio non era così potente allora come lo è adesso.»

«Oh», dice Mats. «Gli squali sfondarono lo scafo?»

«Sna, la *Tre Kronor* affondò più velocemente di una pietra. E gli squali ebbero di che cibarsi, proprio come Exena aveva promesso loro», conferma Snorri. «Ero piuttosto contento di essere a distanza di sicurezza nella mia botte, e non più a bordo.»

Snorri rabbrividisce al ricordo.

«Quindi stiamo cercando un veliero con uno stemma a corona e dei buchi nello scafo», riassume Mats.

Continuano a vagare con cautela tra i vecchi rottami, attenti a non incastrarsi.

«SNR, è lei!» Agitato, Snorri pulsa su e giù.

«Anche se non vedo lo stemma da nessuna parte. Ci sono effettivamente dei fori su tutto lo scafo», dice Mats.

Come a rispondere a tono, un lungo tubo scivola fuori da uno dei fori. Qualcosa sta venendo verso di loro.

Bum! Una palla di metallo nero rotola davanti ai piedi di Mats. La schiva di lato.

«È quello che sembra?»

«Sn, una palla di cannone!» conferma Snorri.

«Bel saluto», nitrisce Venn.

Mats esamina la palla. «Vuoi dire che qualcuno l'ha fatto apposta?»

«Il caso raramente prende la mira!», dice Venn.

A disagio, Mats osserva con attenzione la nave che giace tranquillamente di fronte a loro. È ancora possibile capire quanto fosse stata bella e fiera un tempo, anche se sulle tavole della *Tre Kronor* sono cresciute le alghe e due dei quattro alberi sono piegati sul parapetto.

«Meglio nuotare dall'altra parte». Inconsciamente, Mats abbassa la voce. I suoi amici lo seguono a sinistra, a babordo della *Tre Kronor*.

Per la prima volta nella sua vita, Mats esplora una nave. Le vele e le funi sono state danneggiate dai secoli passati sott'acqua, ma il legno è in condizioni relativamente buone. Accanto a Mats c'è anche una scialuppa con i remi appoggiata al parapetto e in cima al ponte può vedere il timone. Snorri si arrampica immediatamente sull'albero più alto e Venn abbatte con gli zoccoli anteriori il portello a traliccio per arrivare alla stiva. Davanti a una porta di ferro arrugginito che conduce all'interno, Mats si ferma. Osa immergersi fino alle cabine? Quando raggiunge la maniglia, l'acqua diventa improvvisamente molto più fredda, come se qualcuno avesse aperto la porta di un frigorifero.

«Snorri, Venn!» chiama Mats. «La magia del ghiaccio di Exena potrebbe persistere ancora oggi sulla nave?»

«Impossibile, la *Tre Kronor* è affondata più di quattrocento anni fa, la magia del ghiaccio di Exena non è così potente da durare secoli», risponde Venn.

«Sni, sni», chiama Snorri dalla coffa, tenendo un tentacolo davanti all'occhio come a scrutare l'orizzonte. «Da qui tutto normale.»

Così Mats decide di ignorare il freddo, si tira la manica del maglione sulle mani e spinge la porta contro la resistenza dell'acqua.

«Venite?», dice Mats. Questa volta il suo istinto gli consiglia di non andare avanti da solo.

All'interno, li aspetta uno stretto corridoio, da cui si dipartono diverse stanze. Nel primo ci sono semplici telai di legno che una volta servivano come letti a castello, accanto a ciascuno di essi un baule, ormai bucato, per i pochi effetti personali dei marinai. Mats immagina gli squali che si avventano su di loro e la loro fine. Si aspetta quasi di imbattersi in un teschio o in resti ossei. Qualcosa si appoggia sulla sua spalla da dietro. Mats grida.

«SNA-AAA!» strilla Snorri altrettanto forte, tirando subito indietro il tentacolo.

«Cos'è successo?», Venn si precipita dentro.

«Snorri mi ha spaventato.»

«Sn, anche tu!»

«Dove stiamo andando, comunque?» dice Venn.

Mats ci ha già pensato. È sicuro che non ci sia niente negli alloggi di base dell'equipaggio. «Cominciamo dalla cabina del capitano», suggerisce.

«Sna! Lì, lì, lì!» Snorri va avanti fino alla fine del corridoio e poi un po' più avanti in quello successivo.

La porta è più robusta di quelle degli alloggi ordinari dei marinai; un tempo sarebbe stata ornata con intagli particolari, e i resti degli accessori in ottone sono ancora visibili, anche se la porta è coperta di conchiglie, che l'hanno completamente incrostata. Non sarà facile aprirla.

Mats si rende conto che anche sua madre è stata qui. Doppiamente guardingo, fa per entrare nella cabina. Improvvisamente si propaga un suono assordante. Come la campana di una nave che avverte di una tempesta. Non può più essere una coincidenza!

«C'è qualcuno?» chiede Mats con il cuore che batte a mille mentre il suono si attutisce.

Nessuna risposta.

Mats inghiotte la sensazione di nausea. Qualunque sia la causa, non può fermarsi. Apre coraggiosamente la porta.

All'interno c'è un letto, molto più largo di quello dei marinai, con una struttura a baldacchino. La stanza è dominata da un tavolo sporgente, il cui piano è decorato con un intarsio di legno a forma di rosa dei venti, che però non è più completo. Per il resto, regna il caos: i cassetti sono stati strappati, le ante degli armadi sono fuori dai cardini e i pochi oggetti che si trovano nella stanza ruzzolano ovunque, compresa una cornice in pezzi, una bussola rotta e una pipa.

Frustrato, Mats esamina il poco materiale raccolto. Come ha potuto dimenticarlo? Non solo sua madre, ma anche Malus è già stato qui. Perché lui dovrebbe trovare qualcosa che è sfuggito a due scienziati?

Mentre si arrabbia con se stesso, comincia a fare freddo di nuovo. Non più confinato in un punto, ma in tutta la cabina. Le bolle d'aria di Mats diventano visibili non appena espira. Venn nitrisce e anche lui lascia una scia di bolle nell'acqua, Snorri avvolge i tentacoli intorno al corpo per il freddo.

Una specie di fumo sale dal tavolo esattamente dal centro della rosa dei venti e si sposta verso il soffitto. Quasi trasparente all'inizio, ma poi sempre più denso. Infine, con grande stupore dei tre, il fumo assume contorni umani. La prima cosa che si forma è una testa con un berretto spiovente e una lunga barba, seguita da spalle estremamente larghe in un pomposo abito e da gambe sottili. La strana figura bluastra e lattiginosa sembra vagamente familiare a Mats. Snorri è il primo a ritrovare la parola: «Snk, un fantasma!»

La figura si stacca dal tavolo e fluttua direttamente verso di loro. Ora Mats lo riconosce. Non è il re del ritratto nell'ufficio di Madame Noir?

«Gustavo I Vasa?»

Lo spettro si gira e si scaglia contro Mats. Con sguardo torvo, lo scruta in viso. «Sparite dalla mia nave! O pulite il ponte, fannulloni!»

Poi continua rivolto a Venn e Snorri. «I posti in cambusa sono tutti occupati? Cosa ci fa la cena nella cabina del capitano? Cuoco, cuoco di bordo!»

Senza prestare loro ulteriore attenzione, inizia maniacalmente a sfrecciare attraverso la cabina, aprendo tutti i cassetti e gli armadi o scomparendo direttamente attraverso le porte o all'interno dei mobili. Ritorna, scagliando pomelli e una campana attraverso la stanza, fermandosi infine di fronte a una parete rivestita di pannelli di legno.

«Arr, il mio amico deve averlo nascosto qui!»

Tira una tavola di legno che effettivamente cede. Mats strizza gli occhi da dietro al fantasma. Ma la cavità è vuota.

«AAARRGH!»

Mats non pensava che un fantasma potesse ruggire così forte.

L'attenzione di Gustavo torna su di lui.

«La tua faccia mi è nuova! Ah, allora sei stato tu!»

Afferra Mats per il colletto e lo trascina verso il nascondiglio vuoto del muro.

«Intrusi! Guardie, guardie, prendeteli! Mi hanno derubato!»

«No, vostra Maestà, non abbiamo rubato nulla! Davvero, no!», Mats cerca di placarlo.

Di nuovo lo spirito di Gustavo si avvicina a lui.

«Mostrami le mani!»

Obbediente, Mats tende le mani. Anche Snorri e Venn allungano gli arti in avanti, ma Gustavo non se ne cura, non prende sul serio gli animali. Comincia a cercare di nuovo.

«Deve essere qui, deve! Chi si immaginava che l'avrebbe chiesto indietro? Ma un giuramento è un giuramento!»

«Sai cosa sta cercando?» sussurra Venn.

«Quello che cerchiamo noi», ipotizza Mats.

«La *Tre Kronor*? L'abbiamo già trovata», si meraviglia Venn.

«La nave sì, ma l'elmo no!»

Gustavo si precipita da loro. «Esatto, l'elmo! Allora ne sai qualcosa, ladro!»

«Elmo?» fanno Venn e Snorri contemporaneamente. Gustavo non presta loro attenzione, probabilmente perché non capisce la loro lingua.

«No, non ho idea di dove sia l'elmo», afferma Mats in direzione di Gustavo.

Gira intorno a Mats. «Quindi non l'hai mai visto, dici?»

«Mai», afferma Mats.

Gustavo si strappa la testa insieme al berretto.

«Uu... uaah... sniiii!» Mats, Venn e Snorri tremano spaventati e si allontanano dalla figura senza testa.

Imperterrite, le mani del fantasma cercano la testa e cominciano a deformarla come se avessero in mano un blocco di argilla. Poi rimettono la testa sul collo e la orientano.

Al posto del cappello, lo spirito ora indossa un elmo che arriva fino alla nuca, con bandelle di metallo tutto intorno, due lunghe corna che curvano verso l'alto e dominano entrambi i lati.

Gustavo si raddrizza, la sua voce diventa un tuono. «Hai ancora intenzione di sostenere di non averlo mai visto? Dammelo! Consegnalo!»

«Io... io non ce l'ho!» afferma Mats.

Gustavo si toglie l'oggetto dalla testa e mostra il suo teschio calvo.

Irrequieto, si affretta di nuovo attraverso la cabina. Poi solleva anche il letto e il tavolo.

«Devo trovarlo, devo farlo, devo farlo o mi ucciderà!»

«Ma voi siete già morto, no?» osservò timidamente Mats.

Avrebbe dovuto tenerlo per sé. Il fantasma afferra una colonna del letto, si gonfia, riempie la stanza e spinge Mats, Venn e Snorri contro il muro.

«MORTO? Tu sarai morto tra poco! Io sono Gustavo I, liberatore e re di Svezia, e vivrò per sempre quando il capitano Johansen sarà tornato con l'acqua!»

Mats si rende conto che Gustavo non è consapevole di essere un fantasma, così come non è consapevole di ciò che è successo alla sua nave. Tuttavia, non manca molto, il fantasma è così gonfio che sta per schiacciare lui e i suoi amici. Con circospezione, fa un cenno con il mento verso l'uscita e cerca di farsi strada con la schiena contro il muro. Millimetro dopo millimetro.

«Buona fortuna con la vostra ricerca!», mormora mentre finalmente sente la maniglia della porta alle sue spalle. La abbassa.

Gustavo è sì confuso, ma non cieco.

«Non uscirai da qui! Farò perquisire tutte le cabine e spera che Loki abbia pietà di te se troverò l'elmo nel tuo baule!»

Come una nuvola, lo spettro acquatico avvolge Mats, lo trascina lontano dalla porta, poi vi si piazza davanti come un baluardo. Tutto accanto a lui ondeggia, tranne il montante del letto nella sua mano destra. Gustavo ritorna alle sue dimensioni umane. Come Mats, Venn sospetta quello che lo spettro ha intenzione di fare. Il Kelpi attacca, ma Gustavo agita il palo come una spada e lo colpisce sul muso.

Mats fa un balzo, cercando di strappare il palo a Gustavo, ma lui alza l'altro braccio, mandando Mats a sbattere con forza contro il letto. Il telaio del baldacchino cade con uno schianto e seppellisce Mats sotto i detriti. Prova subito a rialzarsi, ma giace lì, incastrato, e improvvisamente avverte una sensazione di bruciore in gola che lo paralizza. La disperazione ha la meglio. Cosa ci fa qui, in fin dei conti? Non c'è alcun senso in tutto questo.

Il fantasma ne approfitta per farsi strada attraverso la fessura della porta.

Con un forte colpo, chiude la porta con il palo dall'esterno. Snorri agita la maniglia ma non accade nulla.

«Fatti da parte», chiede Venn, e Snorri fa spazio.

Venn prende la rincorsa e si lancia contro la porta usando il peso del suo corpo. Il vecchio legno ondeggia e si incrina, ma non cede. Dopo il terzo tentativo, Venn si arrende.

La disperazione di Mats si diffonde nella cabina.

XIV

PRIGIONIERI DELLA TRE KRONOR

Perché questa tavola pesa così tanto sul suo petto, come se fosse racchiuso in un guscio di tartaruga? Dovrebbe solo... potrebbe solo...

Mats non riesce a sollevare le braccia contro la struttura del letto. Sente che è meglio stare steso. Non sa comunque cosa fare. La sua mano si chiude intorno all'amuleto quasi di iniziativa propria. Si sente a malapena vivo. Finja! Lei è nella sua stessa situazione.

«Senza l'elmo, Finja è perduta!», sbotta esasperato Mats.

Venn batte la porta con uno zoccolo anteriore. «Ma cos'è questo strano elmo di cui parli tanto?»

«È l'elmo di Loki...», sospira Mats, i polpastrelli percepiscono un breve formicolio sul suo ciondolo.

«Sno, l'elmo di Lo-o-oki?» grida Snorri con orrore.

«Perché non ce ne hai parlato prima?», chiede Venn.

«Non l'ho fatto?», Mats cerca di ricordare.

«Non hai fatto altro che chiedere a Snorri e a me della *Tre Kronor*», brontola Venn. «Ecco la prova che non tutti quelli che sanno parlare lo fanno abbastanza!»

«Scusatemi!» dice Mats. «Avrei giurato... io... penso troppo. Non succederà più.»

«Non promettere troppo», brontola Venn. «E adesso? A cosa ti serve l'elmo? Comunque, non è qui, il fantasma l'ha dimostrato chiaramente. Continuerai a fare bolle nell'acqua torbida, o intendi rialzarti?»

«Non importa comunque», piagnucola Mats. «Siamo chiusi qui e non vedrò mai più Finja...»

Con le narici dilatate, Venn si avvicina e spinge la tavola da parte. «Non ti arrendere!»

«Ma l'elmo non c'è più», dice Mats. «Non abbiamo niente da offrire al serpente per risparmiare la vita di Finja!»

Si sente un triste lamento da parte di Snorri.

«Ogni tanto, le risposte sono più vicine di quanto si pensi», afferma tranquillamente Venn.

Mats sbircia sotto il letto. Ancora un vuoto terribile, proprio come prima, quando ha controllato Gustavo.

«Non così vicino», sbuffa Venn. «Chiedi a un amico!»

Le sue orecchie si rivolgono all'indietro, dove Snorri sta lottando con se stesso per qualche ragione sconosciuta, tre tentacoli contro gli altri tre.

«Cosa stai facendo, Snorri?» chiede Mats.

«Sn, sn!», Snorri si ferma improvvisamente e assume un'espressione innocente.

«Snorri?», chiede Mats.

«Sna-a?»

«Hai cosa?»

«Snö, snö...»

«Hai un segreto!», afferma Venn.

Il labbro inferiore di Snorri comincia a tremare. «Sna, sna, ma... quello è il mio elmo! L'ho avuto da Fin e non lo darò via!»

Mats e Venn rimangono a bocca aperta.

«Hai tu l'elmo?»

Snorri tiene due tentacoli davanti alla bocca.

«Sn-no, no!»

«Oh, sì, ce l'hai tu!» si rende conto Mats. «So che stai dicendo una bugia, lo vedo dalla punta del tuo naso!»

Cominciano a scendere le prime lacrime. «Snff, snff, è il mio unico ricordo di Fin! Ed è così bello, e ho promesso che non l'avrei dato a nessuno!»

Come se qualcuno avesse premuto un interruttore, l'energia in Mats torna a scorrere: afferra l'amuleto ancora una volta, sperando che dia a Finja un po' della sua speranza, in modo che anche lei possa resistere. Con due bracciate si avvicina a Snorri e gli mette il braccio intorno al collo.

«Ah, Snorri! Anche Finja è tua amica. Dobbiamo salvare lei e Rulantica!» Indica l'elmo indossato da Snorri.

«Non è questo, però, vero?»

Snorri scuote violentemente la testa. «No, questo l'ho costruito io stesso...» Sussurra. «... perché l'altro è troppo grande e mi fa venire un umore cattivo e meschino quando lo metto.»

«E dove l'hai nascosto?», chiede Venn.

«Snrrrrr! Snrrrrr!», Snorri esita prima di rivelare anche l'ultimo dettaglio. «Sna bene. A Rulantica.»

Mats stenta a crederci. «E abbiamo nuotato per mezzo mondo!»

Impazientemente scuote la porta. Con il nuovo obiettivo a portata di mano, non vuole più essere rinchiuso.

«Dobbiamo spostare questo palo in qualche modo. Non puoi usare il tuo incantesimo di levitazione, Snorri?»

Obbediente, Snorri alza due tentacoli e li punta verso la porta. Non succede nulla. Mette in movimento altri due tentacoli e la sua testa a palla diventa tutta rosa per lo sforzo, ma la porta rimane chiusa.

«SNNN-NN! SNNN-NN! Uff, la mia magia non basta! Il fantasma ha incastrato il palo troppo stretto tra le pareti.»

«Accidenti!», brontola Mats. «Non possiamo fallire a causa di un re morto!»

Hanno bisogno di qualcuno che li liberi. Ma se gridassero forte, arriverebbe Gustavo e i problemi ricomincerebbero. Non hanno tempo per questo, pensa Mats.

Occorre chiamare qualcuno, ma in silenzio. Aspetta un attimo, qualcuno c'è! Sì, esatto! Potrebbe funzionare!

«Tu, Snorri, sei un polpo con sei tentacoli, un essere che esiste solo a Rulantica», inizia Mats.

«Sna!»

«Sai cosa ho sentito sui polpi comuni del mio mondo?»

«Sn?»

«I polpi sono in grado di schizzare inchiostro quando vengono minacciati! Sai forse fare anche questo?»

Snorri alza il naso con orgoglio. «Snr, ancora meglio! Perché?»

«Puoi mandare un messaggio silenzioso ai gamberi pulitori?»

Snorri si mette subito al lavoro. Solleva un tentacolo alla volta e lo fa oscillare nell'acqua. Mats in realtà voleva solo incrementare la sporcizia per attirare gli animali, ma quello che Snorri sa fare è ancora meglio!

Sa spruzzare non solo inchiostro blu, ma di diversi colori. E così emette dei ghirigori rossi e delle linee bianche nell'acqua, che si diffondono attraverso tutte le fessure e i giunti.

Danzano l'uno intorno all'altro, turbinano l'uno insieme all'altro, e sembrano gamberi pulitori al lavoro. Un numero sempre maggiore di gamberi pulitori rossi e bianchi si fa strada attraverso la fessura sotto la porta. Mats appoggia l'orecchio. Dopo un po' sente un fruscio molto dolce. Ancora più silenzioso di un'unghia che raschia sul tavolo. Devono essere loro! Speriamo che abbiano abbastanza fame... Le incrostazioni sulla porta erano tante, ma una volta erose, dovrebbe davvero essere...

L'attesa sembra interminabile per Mats, finché non sente un rumore liberatorio. Il palo è caduto, sono liberi!

Mats, Snorri e Venn passano cautamente tra le colonne di gamberi pulitori, che continuano a mordicchiare imperterriti, senza essere disturbati dalla porta aperta o da un umano, un Kelpi o un polpo.

«Grazie, non vi dimenticherò mai!», dice Mats prima

di lasciare il relitto. Attenti a non incontrare di nuovo il fantasma, i tre rallentano il passo solo quando raggiungono di nuovo il mare aperto. L'obiettivo questa volta è chiaro a tutti:

Rulantica!

XV

MEDUSE! MEDUSE!

Mentre si tuffano attraverso il muro di nebbia, Mats è davvero nervoso. Ora non possono più perdere tempo! Incredibilmente, gli sembra di tornare a casa quando vede i profili della Città di Ghiaccio e di Aquamaris davanti a lui. Tuttavia, Kailani e soprattutto Exena dovranno aspettare prima che lui possa chiarire tutto. La prima cosa da fare è prendere l'elmo e liberare Finja! Snorri mantiene il segreto su dove l'ha nascosto esattamente, ma almeno Mats è riuscito a fargli rivelare che devono andare sull'isola per prenderlo. Quindi nuotano velocemente attraverso la Città delle Conchiglie.

Mats è irritato. C'è qualcosa di diverso. Aveva visitato Aquamaris solo due volte, brevemente, dopo la battaglia contro i sommergibili di Malus. La maggior parte delle grotte sono state restaurate. In alcuni punti si possono vedere i ritocchi: dove non è stato possibile trovare abbastanza lumache viola, i buchi sono stati provvisoriamente intonacati con calce bianca. Alla Grotta delle Orchidee, ci sono ancora alcuni posti liberi per nuovi anemoni. Ma proprio per il miscuglio eterogeneo e la mancanza di perfezione delle abitazioni, Mats preferisce la Città delle Conchiglie alla Città di Ghiaccio. Eppure..

«Avete notato qualcosa?» chiede a Snorri e Venn mentre nuotano direttamente sopra il Palazzo di Conchiglie.

«Troppo tranquillo», nitrisce Venn.

«Sna!» afferma Snorri. «E troppe meduse!»

Ecco! Il palazzo risplende in tutta la sua bellezza madreperlacea, ma può essere visto solo a tratti perché meduse criniera di leone si aggirano ovunque, sigillando l'area intorno al palazzo.

«Sn, strano!» pensa Snorri. «Prima si trovavano solo nel palazzo.»

Ma a quel punto alcune meduse li hanno già individuati e si affrettano a galleggiare verso di loro. Prima che i tre se ne accorgano, sono circondati. I lunghi filamenti delle meduse si avvolgono intorno a loro come se fosse un gioco, finché non sono completamente avviluppati e Mats e persino Venn sono bloccati.

«Cosa state facendo?», sbuffa Venn.

Snorri cerca di liberare almeno un tentacolo, una scena molto divertente in altre circostanze, perché ogni volta che ha un tentacolo libero, le meduse si fanno strada di nuovo. Snorri le afferra e libera rapidamente un altro tentacolo dalle loro spire.

«Lasciateci andare! Dobbiamo andare sull'isola», le esorta Mats.

Alle meduse non importa. Non parlano, non negoziano, si limitano ad avvolgere tutto, gettando in fondo al mare una delle scarpe di Mats, che era infilata nelle grandi tasche dei pantaloni, e inviandosi dei segnali luminosi in diverse tonalità di giallo che solo loro possono interpretare. Prima che Mats possa dire altro, un tentacolo gli finisce in bocca. Venn è avvolto in mille filamenti luminosi e sembra un pacco arrotolato e pronto per la spedizione.

Con l'unico occhio libero, Mats intravede qualcuno che nuota verso di loro. Sono le amiche di scuola di Finja, Orchid e Jade! Mats si affanna più che può per attirare la loro attenzione. Un tentativo pietoso, ma per fortuna Jade l'ha già individuato.

«Orchid, guarda, le meduse hanno fatto un'altra vittima!»

«Ma non è Snorri?»

«Sì, hai ragione! E dove c'è lui di solito c'è Finja. Pensi che sia tornata?»

Le due nuotano più vicine.

«SNR, SNR, SNRR!» fa Snorri, che è l'unico che può emettere suoni.

«Snorri!» esclama Orchid. «Sei proprio tu!»

«E l'altro?... Ehi, meduse, dovete liberarli, quello è il fratello di Finja!»

Sollevato, Mats attende di essere liberato. Ma accade proprio il contrario. Si diffonde un richiamo di luce lampeggiante e altre meduse giungono dal Palazzo di Conchiglie, si avventano su Jade e Orchid e le avvolgono in pochi secondi. Le due gridano: «Aiuto! No! Andate via!»

Dopo poco sono bloccate come Mats, Venn e Snorri.

Cosa sta succedendo ad Aquamaris? Le meduse hanno preso il sopravvento? Il panico si diffonde in Mats. Deve liberare Finja, non può restare qui! Una ragazza molto poco appariscente con i capelli color fango getta loro un'occhiata, ma scompare immediatamente.

No, no, non deve scappare... deve chiedere aiuto!

Quando Mats ha già perso le speranze, la ragazza color fango ritorna con una sirena più anziana al seguito. A distanza di sicurezza, le due si fermano, guardano le meduse criniera di leone, e la più anziana inizia a canticchiare, sempre più forte. Il ronzio, molto oscuro e profondo, riecheggia fino alla bocca dello stomaco e ha un effetto estremamente calmante. Non solo su Mats, ma anche sulle meduse. Sente i tentacoli rilassarsi e allentarsi.

Il ronzio si trasforma in un canto parlato. Lento, delicato e profondo come Mats non aveva mai sentito da una donna prima.

«Frijo-n, Fri-jo-n, Friiiii-jo-o-o-o-o-n!»

Il canto culla le guardie, che alla fine lasciano andare Mats.

La cantante ora alza le braccia e dirige le meduse con movimenti delicati lontano dalle loro vittime, verso la Città delle Conchiglie. Poi canta una canzone che ricorda a Mats una ninna nanna.

«Sov-nu, sov-nu!»

Mats è quasi addormentato, quando qualcuno lo tocca sulla spalla. È la cantante che gli sorride, apprensiva. Sono arrivati nella Città delle Conchiglie di fronte al palazzo.

«La persecuzione delle meduse è finita per ora, giovanotto, puoi riaprire gli occhi!» Poi si rivolge alle giovani sirene.

«E voi fareste meglio a tornare alle vostre grotte!»

«Per favore, per favore, Manati! Non possiamo sentire prima cosa è successo ad Aqui... voglio dire a Finja?» chiede Jade.

«Lo scoprirai presto, ne sono sicura», dice Manati. «Vai, non si sa mai quando le meduse criniera di leone si sveglieranno!»

Mats è in uno stato di stordimento. «Grazie, chi... e perché?»

«Sono la maestra di canto delle Sirene, e per fortuna conosco ancora l'antica magia dei canti che calmano anche gli esseri non umani.»

«Ma perché ci sono così tante meduse ad Aquamaris tutto ad un tratto?» chiede Mats.

Manati lo guarda con i suoi occhi saggi, intorno ai quali si allungano innumerevoli rughe. «Posso solo indovinare e ricordare. L'ultima volta che Kailani ha perso il controllo delle meduse è stato quando Fin è scomparso. Sai di chi sto parlando?»

Mats annuisce e Manati continua. «La preoccupazione profonda non è una buona compagna per una condottiera con così tante responsabilità sulle spalle. Pertanto, mi auguro davvero che tu possa dissipare la sua inquietudine.»

«In realtà, non ho tempo per parlare con lei», dice Mats. «Ho bisogno di...»

Manati non si lascia fuorviare. «Devi andare dalla nostra condottiera! Vai al palazzo e fai del tuo meglio!»

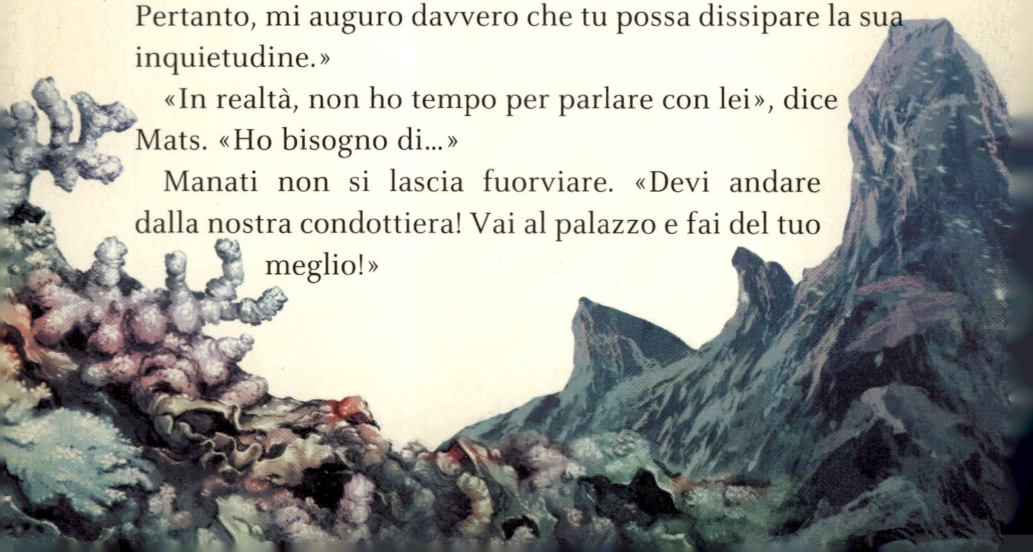

Mats si guarda intorno alla ricerca di Venn e Snorri. Anche loro sono esausti, ma illesi. Non ha bisogno di dire nulla, lo seguono senza parlare fino all'entrata.

Là dove di solito una cascata blocca l'ingresso, ora galleggiano solo alcune meduse addormentate. A quanto pare, Kailani non ha più il controllo neanche del vortice magico dell'acqua, quindi le meduse di guardia hanno rafforzato la loro presenza all'ingresso.

Tutto nel palazzo è in penombra. Mats presta poca attenzione ai bellissimi ornamenti, ma si precipita subito nella sala di ricevimento. È vuota. Così come la sala da pranzo e il salone. Imboccano il secondo corridoio. Mentre si avvicinano alla stanza di Finja, sentono Kailani piangere e le parole tranquillizzanti di Bror, che tuttavia non fermano i singhiozzi.

I due sono accovacciati davanti al mosaico murale di Finja e Kailani lo accarezza teneramente in un punto.

Mats si schiarisce la gola. Kailani non risponde, ma Bror alza lo sguardo e si alza quando lo riconosce.

«Carissima, c'è Mats!»

Immediatamente Kailani va da lui, lo abbraccia, poi lo allontana un po' per controllare che sia davvero lui. I suoi occhi si illuminano.

«Mats! Sia lodata Frigg! Finja è con te?»

Mats ha un sussulto. La sua gioia speranzosa gli spezza il cuore. Come può dirle con delicatezza quello che è successo? Tutto quello che può fare è scuotere la testa, guardando la scintilla negli occhi di Kailani spegnersi di nuovo.

Sottovoce, Bror chiede: «È... è viva?»

Mats ascolta dentro di sé prima di rispondere.

«Penso di sì.»

«Tu pensi...», dice Kailani. «Perché non lo sai?»

Mats non riesce a guardarla.

«Perché Bölvun, il serpente gemello di Svalgur, l'ha divorata.»

Il grido di dolore che proviene da Kailani e Bror riaccende la disperazione di Mats.

Venn borbotta dolcemente alle sue spalle: «Sei stato breve e conciso!»

Mats si gira. «Pensi che la versione dettagliata l'avrebbe sciocata di meno?»

«Ora, per favore, smetti per favore di coccolare il tuo Kelpi e dicci cosa è successo!», lo incalza con rabbia Kailani.

Rassicurante, Bror le stringe la mano e la accarezza.

«Non essere così dura con lui, ha perso sua sorella proprio come noi abbiamo perso nostra figlia!»

«Comunque, voglio sapere subito cosa è successo», Kailani singhiozza ad alta voce.

Mats inizia. «È tutta colpa mia! Finja mi ha seguito nella città dove sono cresciuto. Lì, nel museo, i figli di Odino e Thor hanno riportato in vita lo scheletro del serpente Bölvun. Il suo compito è estendere la maledizione di Rulantica al mondo umano.»

«Ma Odino e Frigg... mi hanno promesso che ci avrebbero risparmiato se avessimo tenuto gli umani lontani dalla sorgente», balbetta Kailani.

«Credo che sia ancora vero», dice Mats. «Ma se qualcuno ce la farà in futuro, anche Hävenborg verrà distrutta. Supponendo che Bölvun faccia davvero quello che gli è stato ordinato dagli dèi.»

Kailani non è ancora soddisfatta della spiegazione. «Ma perché la mia Finja è dovuta morire per questo? Nessun umano ha fatto il bagno nella fonte e noi continueremo a impedirlo!»

Mats ha paura di confessarle questa parte della verità, ma tutto ciò non aiuta.

«Hel suppone che Loki stesse cercando di scivolare nel corpo del serpente attraverso il morso sul braccio di Finja, per poter tornare nei mondi.»

«Loki», grida Kailani. «La mia figlia innocente è morta e Loki il Crudele è di nuovo vivo? Non può essere, non deve essere!»

«Hel non crede che Finja sia morta... e nemmeno io.»

«E dov'è allora?» chiede Bror.

«Beh, da qualche parte nella pancia del serpente, ma Hel ha detto...»

«Hel, Hel... Continuo a sentire quel nome orribile! Cosa hai a che fare tu con lei, Mats?», lo incalza Kailani.

«Mi ha spiegato le circostanze e...»

Kailani lo interrompe, spaventata: «Non sai chi è suo padre? Non puoi fidarti della figlia di Loki!»

La mano di Mats annaspa verso l'amuleto.

«Io, beh io e l'amuleto, abbiamo percepito qualcosa... che il cuore di Finja batteva ancora, e così... io... Insomma, ci credo anch'io. Ed è per questo che ho davvero bisogno di...»

«È su questo che ti basi? Su quello che ti sussurra la figlia di Loki? E su quello che ti fanno credere i tuoi desideri irrealizzabili?» Kailani crolla di nuovo e Bror deve sostenerla.

«Mats, lo dico con il dolore di un padre che condivide il tuo fardello, ma se Bölvun è il serpente gemello di Svalgur, nessuno finito nelle sue fauci può sopravvivere!»

Ancora una volta Mats si ribella. «C'è una possibilità, vi prego, credetemi! Snorri sa dov'è l'elmo di Loki, e potremmo usarlo per attirare il serpente e riavere Finja in cambio e...»

«Te lo ha suggerito sua figlia?» chiede Kailani. «Non capisci cosa vuole? Sono sicura che non vuole salvare la nostra Finja, vuole solo aiutare suo padre a ottenere un nuovo potere!»

Si rivolge a Snorri. «È vero allora, mio caro? Sai davvero dov'è l'elmo?»

Snorri annuisce. «Snr, snr.»

Kailani si acciglia. «Snorri, sarai anche un birbante, ma ti conosco da abbastanza tempo, non mentiresti su una questione così importante. E conosco il tuo debole per gli elmi. Ma come hai fatto a procurarti proprio quell'elmo?»

«SNN!» Snorri tira il suo tentacolo, scuote la testa, fa una capriola di lato, cerca di afferrare il vuoto con due tentacoli e li solleva di nuovo, ruzzolando indietro e tendendo i due tentacoli sopra la sua testa.

«Ah, mio caro amico polpo», dice tristemente Kailani. «Temo di non capire la tua pantomima.»

«Snr!» dice Snorri. «Mats, devi raccontarlo tu!»

Mats ci prova. «Ha avuto l'elmo da Fin, quindi l'ha nascosto sull'isola come ricordo, tuttavia non sapeva che fosse l'elmo di Loki fino a ieri.»

«Oh...» Per un momento, il viso di Kailani si trasfigura, ma si riprende. «No, no, Fin certamente non mi avrebbe mai tenuto nascosto questo pericoloso artefatto. Stai interpretando male l'agitazione di Snorri, Mats. Ti prego, non darci false speranze!»

«Ma io posso capire Snorri!», insiste Mats.

«Anche noi!» afferma Bror. «È chiaro che vorrebbe riportare in vita Finja. Gli animali sentono la perdita dei loro cari tanto quanto noi!»

Kailani fissa Mats. «Nessuno può portarci via i ricordi, ma la protezione di Rulantica viene prima di tutto! Se hai l'elmo, deve essere distrutto!»

«Hel dice che non si può fare, nessuno tranne Thor potrebbe...»

«Smettila!», ordina Kailani. «Pensi davvero di saperne più di me? Pensi che tu, tra tutti, con i tuoi dodici anni e nessuna abilità magica e nessuna esperienza di combattimento, puoi sconfiggere Loki? Ti sei fatto ammaliare da lei, come troppi hanno fatto prima di te. Questo è esattamente il suo gioco, Mats. Prende ciò che ti è più caro e ti fa intravvedere una falsa speranza.

Io c'ero, più di mille anni fa. Questo è esattamente quello che ha fatto al nostro capo, Viken Rangnak. L'incidente che ha portato alla sua ferita mortale è stato opera di Loki. E poi è stato lui ad attirarci alla Fonte della Vita per guarire Viken con l'acqua. Loki ci ha ingannati tutti. Non fare il nostro stesso errore, Mats! Non condurci una seconda volta alla distruzione consegnando l'elmo al serpente, a Loki!»

Mats abbassa la testa. Il discorso accorato di Kailani

rimette tutto in discussione e alla fine lo fa vacillare definitivamente. Prosegue: «Allora l'interpretazione della profezia di Exena sarebbe corretta. Tu causerai davvero la fine di Rulantica... rovina, distruzione! Neanche Finja lo vorrebbe!»

XVI

UN BAGNO CON I TROLL

Mats è in totale confusione. Fino a un momento fa sapeva molto bene cosa voleva fare. Ma ora? Chi ha ragione? Qual è la soluzione migliore? Qual è la cosa giusta da fare?

Bror lo abbraccia in lacrime, e questo non aiuta.

«Piangiamo insieme Finja, e sappi che qui hai una casa, figlio mio!»

Kailani e Bror continuano a contagiarlo con la loro tristezza e questo affossa la sua speranza di salvare Finja. Era davvero solo un prodotto della sua immaginazione, indotto da Hel? Guarda l'amuleto. Non pulsa e non brilla più. Probabilmente anche quella era solo un'illusione sensoriale, un raggio di sole catturato nell'ambra forse, o il suo stesso cuore che batteva così forte da scambiarlo per un secondo battito. Desidera solo che Finja sia viva, ma sta perdendo fiducia.

Quando Bror e Kailani lo lasciano per un momento da solo nella stanza di Finja, lui guarda il mosaico: le tavole di legno alla deriva, i gusci di lumaca e le conchiglie che lei ha raccolto prima ancora che si conoscessero, disposti sul muro della grotta come un'opera viva. Probabilmente Bror ha ragione. Come potrebbe Finja sopravvivere nel corpo di Bölvun? Senza acqua, senza cibo, senza aria nel ventre puzzolente di una bestia? Come ha potuto pensare che fosse possibile? Non riesce più a trattenere le lacrime.

Delicatamente, Venn lo spinge da dietro con il muso.

«Mats», nitrisce dolcemente, «non avevamo un piano?»

«Intendi l'elmo? Ma non ha senso.»

«Perché no?» continua Venn.

«Perché non possiamo comunque salvare Finja», sbotta Mats.

«Impara a fidarti di più di te stesso! Inoltre, quell'elmo non serve solo a uno scopo, vero?»

Sorpreso, Mats guarda il suo amico Kelpi. «Questo è effettivamente vero, ammesso che riusciamo a trovarlo.»

Snorri si era attaccato alla parete a mosaico, perso nei torsoli di mela che Finja aveva messo lì. Ora anche il piccolo polpo si rianima e con un salto atterra sulla spalla di Mats.

«Snrrrr, non mi credi più solo perché Kailani non mi capisce?»

«Ti credo, è di me che non sono sicuro», confessa Mats. «Ma avete ragione, dobbiamo assolutamente prendere quell'elmo!»

I grandi occhi interrogativi di Snorri risvegliano Mats. Perché si distrae così facilmente dai suoi obiettivi? Se davvero non può salvare Finja, allora salverà Rulantica come lei voleva. E inizierà cercando l'elmo!

Determinati, i tre nuotano verso l'uscita del Palazzo di Conchiglie, ma nell'atrio Kailani sbarra loro la strada.

«Dove stai andando?»

Può mentire, può ingannarla facendole credere che vuole tornare nella Città di Ghiaccio per continuare la sua istruzione, o che sta solo facendo un giro innocuo con Venn per schiarirsi le idee. A parte il fatto che probabilmente non gli crederebbe, Mats però non vuole dire bugie. Non più! Ha un grande compito davanti a sé, che le piaccia o no!

«Io... noi prenderemo l'elmo!»

«Anche se ti ho detto a chiare lettere...»

«Esattamente! Ecco perché dobbiamo trovare un modo per distruggerlo! E per distruggerlo devo prima trovarlo!»

Lo sguardo di Kailani scivola sulle sue gambe e sospira.

«Se si trova sull'isola, credo che tu sia l'unico che può trovarlo. Ma posso fidarmi di te?»

Venn nitrisce alle spalle di Mats. «Come se avesse altra scelta!»

Mats indica il suo amuleto. «Era l'ultimo desiderio di Finja.»

Kailani annuisce leggermente.

«Allora esaudiamolo, per lei!» E li lascia uscire, prima con esitazione, poi con uno movimento risoluto.

A ogni bracciata lontano dal Palazzo di Conchiglie e da Aquamaris, scompare un po' del peso sull'anima di Mats causato da quella conversazione. Non è solo il lutto per Finja. Si sente in colpa verso Kailani e Bror per non essere stato in grado di compensare la loro perdita.

Ma non è l'unica ragione per cui è come una liberazione per lui prendere una boccata d'aria in superficie. Anche qui c'è qualcosa di diverso. La Montagna di Fuoco non sputa lava come durante l'attacco di Malus, ma il cratere pulsa come se stesse per prendere vita.

Nuotano intorno a Rulantica e salgono a terra dalla parte della roccia e non dalla spiaggia. Mats riconosce la valle verde con i suoi prati selvaggi e gli enormi massi. In fretta e furia l'ha attraversata con Finja qualche tempo fa, quando dovevano raggiungere la sorgente prima di Malus. Era da molto tempo che voleva visitare di nuovo quel bel posto e dare finalmente un'occhiata in pace. Peccato che non sia possibile.

Tuttavia, si accorge che anche qui qualcosa è cambiato. Le rocce sembrano più aride e gettano ombre minacciosamente lunghe. I piccoli animali, che l'ultima volta erano indisturbati, strisciano nel sottobosco. Mats guarda una volpe bianca come la neve che annusa l'aria, poi abbassa le orecchie e si rifugia spaventata nella sua tana. Solo una vipera si gode il calore su una pietra, imperturbabile.

«Sna, sna, la Valle dei Troll!», dichiara Snorri.

«Vedo solo rocce ovunque», brontola Venn, per lui è più difficile muoversi sul terreno accidentato rispetto a Mats e Snorri.

«Bisogna guardare da vicino», raccomanda Mats.

»Allora riconoscerai i volti nelle loro forme eccentriche.»

«Sì, sì, proprio carini», risponde Venn.

«SN! I troll sono divertenti!» dice Snorri seriamente.

«Non abbiamo tempo per giocare, Snorri!» dice Mats. «Qui sta succedendo qualcosa. Temo che abbia a che fare con Loki!»

«Sna, ma se vogliamo l'aiuto dei troll, dobbiamo giocare secondo le loro regole!» spiega Snorri.

Snorri si ferma davanti a una formazione a semicerchio intorno a uno spiazzo erboso, con diverse colline intorno. Si rivolge al più grande dei massi di pietra.

«Sn, sn, Ruffl, svegliati!»

Un foro si apre nella metà superiore della pietra, una grande bocca che sbadiglia. Si chiude di nuovo, schiocca le labbra altre due volte e ridiventa pietra.

«Snr, Ruffl, Ruffl, sono io, Snorri!»

Nessuna risposta.

«Snr, dormono durante il giorno perché la loro pelle non tollera bene il sole.»

«La loro pelle è fatta di pietra, vero?», chiede Mats.

«Sn, proprio per questo! Ma so come svegliarlo!»

Snorri si avvicina al masso, fa scivolare un tentacolo sotto ciascuno dei due rigonfiamenti di pietra che sporgono a destra e a sinistra, e comincia ad accarezzare la superficie, lentamente, poi un po' più velocemente e in cerchio.

La pietra si contorce, poi traballa, trasformando i rigonfiamenti in braccia, solo per essere solleticata sotto le ascelle da Snorri.

Un forte sbuffo, un misto di risate e tosse, rivela

non solo la bocca, ma anche occhi a palla grandi come un piatto e un naso bulboso grosso come un'anguria. I contorni erano più o meno presenti anche prima, ma solo ora Mats può distinguere chiaramente tutti i tratti del viso. Non solo su quello a cui Snorri fa il solletico, ma anche sugli altri tre troll che stanno ancora dormendo.

«Ah, ah, ah, oh, oh, oh, huuu! Snorri, via!» ridacchia Ruffl.

«Sn, sn, scusa. Ho bisogno di svegliarti, ho bisogno del tuo aiuto!»

«Solletico cattivo!» dice Ruffl, ridendo. «Divertente però.»

Allunga le sue grosse braccia verso Snorri e lo solleva da terra. Per un attimo, Mats teme che possa finire schiacciato, ma lo appoggia con cautela su un polpastrello e a sua volta comincia a fare il solletico a Snorri.

«Sni, sni, sni, sni!»

Non c'è fine al loro allegro ridacchiare, sghignazzare, schiamazzare e ridere.

«Quante sciocchezze», brontola Venn.

Mats non può nemmeno replicare, perché viene afferrato da dietro e fatto oscillare in aria. Pende a un'altezza elevata direttamente davanti a un occhio gigantesco.

«Gnomo o cibo?»

«Nessuno dei due!» dice rapidamente Mats.

Ma il troll continua a dondolarlo, imperturbabile.

«Sni, sni, gno-omo, sni, sni», dice Snorri ridacchiando. «Gli amici di Snorrrri sono gno-omi!»

Mentre Mats sta ancora pensando a come si sente a

essere chiamato gnomo, il gigante smette di dondolarlo, lo mette sulla sua mano e ride in modo aperto e bonario di lui.

«Amici!»

Meglio non contraddirlo ora. Mats risponde con un sorriso.

«Amici!»

A terra c'è una gran confusione. Un terzo troll cerca di catturare Venn, ma non ha successo. Il Kelpi corre intorno alle gambe del suo inseguitore, che è quattro volte più grande, ma anche quattro volte più pesante. Ogni volta che vede Venn in un punto, si china e batte le mani. A quel punto Venn è già scomparso da tempo dietro l'altra gamba e le mani battono a vuoto.

Ma al troll non dispiace affatto, ride, si raddrizza di nuovo e il gioco ricomincia. Venn non si unisce alle risate, ma brontola verso Snorri.

«Vorresti per favore dire al tuo gigante giocherellone che io non sono uno gnomo, né del cibo, né un giocattolo! Altrimenti, potete continuare da soli!»

«Sni, sni, Knuckel! AMICO!»

Knuckel annuisce con entusiasmo e continua a inseguire Venn.

«Knuckel, fermati!» sbuffa Venn.

Mats non si aspettava che funzionasse, ma Knuckel si ferma nel bel mezzo dell'applauso e fa una pausa nella posa accovacciata. Venn può trotterellare di lato a suo piacimento. Il quarto troll, però, che finora è stato solo a guardare, si mette in moto, calpesta Knuckel, lo colpisce sulla spalla e subito il suo gigantesco collega inciampa e cade a sedere. Knuckel batte il terreno con la mano e, con sorpresa di Mats, si trasforma da terra asciutta e polverosa in fango. Knuckel lo modella come una palla di neve e lo lancia in faccia al suo amico.

«Ah ah ah, Müffel naso sporco!»

Müffel non si ferma ad asciugarsi, ma batte i piedi e il terreno intorno a lui si trasforma in un lago di fango.

«Oh, no, non possiamo evitarlo in qualche modo?» esclama Mats, perché ha un presentimento di ciò che sta per accadere.

Tutti i troll, compresi quello di Mats e Ruffl insieme a Snorri, si precipitano nel bagno di fango e inizia una battaglia. Solo Mats e Venn cercano di restare fuori vicino al bordo asciutto, come meglio possono.

«Così questa è la tua idea di divertimento, Snorri?» dice Venn.

«Dubito che salveremo l'isola con il fango», grida Mats a Snorri, che ora è completamente incrostato di terra.

Il piccolo polpo lascia cadere i suoi tentacoli mollicci per la sorpresa.

«Sno, vero!»

Pizzica Ruffl sulla parte posteriore del ginocchio.

«Sn, Ruffl, ho bisogno del mio tesoro!»

«Il tesoro di Snorri!» gli fa eco il troll. «Stop al fango!»

Tutti smettono di lanciarsi il fango e trotterellano fuori dalla pozza. Si liberano dello sporco più evidente, il resto lo strofinano uniformemente con le enormi dita sulla pelle di pietra.

«Buono contro il sole», spiega Ruffl.

Grummel stende la mano verso Mats. «AMICO!»

Mats mette la sua piccola mano sul pollice di Grummel e dice anche lui: «AMICO!»

Un Kelpi intelligente e testardo, un polpo giocoso e immortale, persino un orgoglioso Mauk e ora un Troll gigante dalla pelle di fango: non potrebbe chiedere amici migliori per portare a termine il suo compito!

Ruffl fa cenno di seguirlo.

«Mi chiedo se questo sia il posto giusto per nascondere l'elmo», dubita Venn.

Mats ha pensieri simili. Pensa che i troll siano fantastici, gli sarebbe piaciuto molto giocare con loro, ma c'è qualcosa nell'aria. Si avverte un odore di bruciato, e ogni tanto la terra trema sotto di lui, cosa che i troll giganti non notano, ma lui sì.

Probabilmente non si sarebbe fidato di quei giganti ingenui per custodire l'elmo, considerando quanto è pericoloso. Ma non dice nulla.

«Snu! Vedrai! Nessuno ha nascondigli migliori dei miei amici troll!», risponde Snorri leggermente stizzito. Meno male che Mats ha tenuto la bocca chiusa.

«Niente litigi! La posta in gioco è troppo alta!», dice.

«Va bene», brontola Venn.

Al galoppo in groppa a Venn raggiungono la catena di colline poco dopo Ruffl. Da vicino, riescono a individuare delle grotte con entrate estremamente ben camuffate. Ruffl solleva una tenda di erba e muschio per loro ed entrano in una grotta semplice ma accogliente. Qualche panca di terra e una pietra piatta come tavolo, non c'è altro, nessun ripiano, nessun armadio, nessuna decorazione, solo l'alta caverna di terra, in cui Mats si sente ancora più piccolo che accanto ai troll.

«Pasticcio di porcini?» chiede Ruffl.

«Snr, di solito mi piacerebbe, ma oggi andiamo un po' di fretta!»

Ruffl annuisce bonariamente. «L'elmo di Snorri!»

«Snr, sì per favore!»

Il troll gigante affonda verso la parete della caverna. Non doveva prendere l'elmo? È solo un muro, non c'è altro. Ruffl mette il naso bulboso nell'aria, annusa, grugnisce di gioia e mette la mano su un punto. Come prima, la terra si trasforma in fango marrone e viscoso.

Ruffl grugnisce, si mette un dito davanti alla bocca larga e aspetta che Snorri, Mats e Venn annuiscano. Naturalmente non riveleranno il nascondiglio! Quando si decide a...

Ruffl mette il braccio nel muro fangoso e tira fuori un oggetto. Mats trattiene il respiro. Non l'avrebbe mai detto, è veramente il nascondiglio più ingegnoso e più sicuro di tutta l'isola!

Ora Ruffl lo solleva in alto.

È lui? Lo è davvero? La dimensione è quella, così come la forma. Anche se è coperto di fango dappertutto, non c'è dubbio. È un elmo con due corna piegate verso l'alto.

«Sto impazzendo», dice Mats.

Ruffl passa l'oggetto sporco a Snorri. Lui comincia a brillare, prende l'elmo, spruzza un sottile getto d'acqua sulla sua superficie e lo pulisce accuratamente dallo sporco. Attento come con un tesoro. Lo gira e lo rigira, spunta già un pezzo di corno brillante e di metallo nero.

Mats è interdetto. Se lo sta immaginando, o l'elmo sta

brillando nello stesso modo in cui la montagna di fuoco ha fatto prima? Come se avesse delle vene rosse che lo attraversano. Rapidamente Mats si avvicina al suo amico e dice a bassa voce: «Ti ricordi di chi è quell'elmo, vero?»

Snorri stringe l'elmo a sé e guarda Mats.

«Snrrr, mio!»

«No, Snorri, purtroppo non puoi tenerlo!»

«SN!»

Sopra la testa del suo amico, batte sul manufatto con le nocche: normali piastre di metallo, bronzo annerito, a quanto pare. L'elmo è allungato sulla parte della nuca e si chiude sul davanti con una visiera speciale che lascia solo occhi, naso e bocca visibili a chi lo indossa. A parte le corna nessuna decorazione, quasi come un normale elmo vichingo, se non fosse per quell'aura sinistra e attraente. Mats non vede l'ora di strappare l'elmo a Snorri. Gli starebbe benissimo addosso! Con questo elmo in testa, tutti lo prenderebbero sul serio.

Spaventato, Mats tira indietro la mano!

Cosa sta pensando? Fissa l'elmo, che ora è di nuovo totalmente innocuo per Snorri, che continua a pulirlo.

Ma non inganna più Mats! Può ancora sentire la malignità nei suoi polpastrelli. L'elmo però non sembra davvero indistruttibile. Meglio che lo faccia subito, forse l'elmo offrirà meno resistenza mentre è parzialmente incrostato di fango.

Mats si guarda intorno nella grotta dei troll. Ah, il bordo di pietra del tavolo è perfetto!

Prima che Snorri si renda conto di quello che sta

facendo, Mats gli toglie l'elmo. Con tutta la sua forza lo sbatte contro il piano del tavolo. Come se si fosse finalmente svegliato, l'elmo afferma la propria volontà. O è la goffaggine di Mats? Il suo colpo sfiora uno dei corni, che immediatamente si stacca obbediente e cade ai piedi di Mats. Oh no, un'altra chiave di Rulantica adesso? Non voleva farlo! Agitato, Mats si china per raccogliere il corno e metterlo in tasca.

«Cosa stai facendo?», nitrisce Venn.

«Sn, sei pazzo?» esclama Snorri.

L'elmo è a terra e comincia a trasformarsi. Non ci sono dubbi: è quello che stanno cercando! Tutto ciò che prima sembrava ordinario ora rivela la sua origine demoniaca.

Il fango si stacca, il suo colore diventa sempre più nero, il metallo duro più di un diamante. Allo stesso tempo, il corno rotto ricresce a velocità mozzafiato, attorcigliandosi e torcendosi, ed è segnato da nervature.

«Incredibile», borbotta Mats. «Se l'elmo è già di per sé così feroce, non voglio nemmeno immaginare come sia il suo padrone. Sarebbe davvero meglio che l'elmo non tornasse a Loki!»

Come se avesse capito, la parte anteriore dell'elmo senza volto si inclina verso Snorri.

Gli occhi di Snorri diventano vitrei, e prima che Mats o Venn possano reagire, fa levitare l'elmo verso di lui, gettando via il suo e indossando l'elmo nero.

«Sn, sn, addio, Ruffl!» ridacchia Snorri, arrampicandosi sulla parete della caverna. Mats o Venn non hanno modo di seguirlo. Con le sue ventose non è affatto un problema per lui arrampicarsi sopra le loro teste.

«Si sta dirigendo verso l'uscita», ringhia Venn. «Presto, sulla mia groppa!»

«Ruffl, devi fermarlo, l'elmo è pericoloso!» grida Mats al gigante.

A braccia conserte, il troll si mette davanti a Mats e Venn. Quell'aspetto dell'elmo deve essergli completamente sfuggito, perché insiste: «No! Snorri amico!»

XVII

IL VERDETTO DEGLI GNOMI

Ruffl prende molto sul serio l'amicizia e blocca in modo ferreo la strada verso l'uscita. Mats cerca febbrilmente una soluzione, devono superare il troll in qualche modo, ma meglio non scherzare con lui, perché ha chiaramente una forza terribile! Non ha niente con sé? Mats si fruga le tasche dei pantaloni, con le poche cose che ha portato con sé dal mondo umano. Piccole cose che non gli servono in questo momento. Il suo sguardo cade sull'elmo precedente di Snorri.

«Pronto?», sussurra a Venn.

Più forte, così Ruffl può sentirlo, dice: «Oh accidenti, ora Snorri ha dimenticato il suo elmo!»

Come previsto, il troll li guarda con un misto di incredulità e preoccupazione.

«Se solo ci fosse qualcuno che potesse portarglielo», continua Mats.

Ruffl è combattuto, ma alla fine vince la sua voglia di essere utile.

«Lo faccio io», dice.

«Sei un ottimo amico! Tieni.»

Mats lancia l'elmo di Snorri verso l'alto con tutta la sua forza, quanto basta perché Ruffl debba fare un passo di lato per prenderlo. Mats non ha bisogno di dire altro a Venn: non appena il troll apre la porta di uno spiraglio, il Kelpi esce al galoppo, fuori dalla grotta e attraverso la pianura che hanno percorso prima. Dove può essere Snorri? Ha già così tanto vantaggio?

Dei passi tuonano dietro di loro. Ruffl li segue. La terra trema, sollevando Venn in aria ad ogni scossa. Ancora una volta, Mats non riesce a scrollarsi di dosso la sensazione inquietante che non sia solo la corsa di Ruffl a scuotere tutto.

«Quando prendo quello svitato di polpo...» sbuffa Venn.

Ma un polpo a sei tentacoli che non vuole essere catturato... non lo cattura nessuno!

Al galoppo, raggiungono il luogo dove hanno incontrato i troll in precedenza. Non è rimasto nulla del fango. Müffel, Grummel e Knuckel se ne stanno in silenzio, dando loro le spalle. Una luce filtra dal semicerchio di fronte a loro, un bagliore come di un falò, ma stranamente verde-blu. All'inizio Mats vi presta poca attenzione, Snorri se n'è sicuramente andato da un pezzo, e sta per esortare Venn a proseguire, quando nota qualcosa con la coda dell'occhio.

I troll non sono più soli: al centro c'è qualcuno con la pelle blu...

«Fermati», dice Mats, «quello blu è... Snorri»

Ed è proprio così! È accovacciato dietro i tre troll e

sembra incatenato. Cosa gli hanno fatto? Un bagliore verde circonda i suoi tentacoli e si irradia intorno a lui. A un esame più attento, Mats si rende conto che a Snorri sono state messe pietre verdastre e tondeggianti su ogni tentacolo per tenerlo fermo. Davanti a lui ci sono due persone minuscole, poco più alte di Snorri, che gli parlano fitto fitto. Un terzo siede su una specie di piedistallo o... Mats sussulta. No, non è un piedistallo, è l'elmo! Rapidamente, Mats scende dalla groppa di Venn e si avvicinano, ancora inosservati alle spalle dei troll.

Il piccoletto sull'elmo alza l'indice e inizia a fare un discorso. Come i suoi simili, è piccolo e allampanato, con lunghe orecchie a punta che spuntano da una zazzera arruffata di capelli verdi.

A differenza dei troll, quegli esseri minuscoli indossano vestiti: quello che parla porta una salopette troppo grande, il secondo una lunga camicia che gli arriva alle ginocchia, e il terzo una giacca a cui manca un bottone. I loro visi hanno lineamenti più fini di quelli dei troll, con nasi a punta e occhi brillanti. Non crederebbero a qualcosa di così banale come il trucco che ha appena ideato Mats con l'elmo. Infatti il primo dice:

«Ammetti che hai spacciato due non-gnomi per gnomi per ingannare i nostri amici troll?»

«Sn, sì.»

«È imperdonabile! Noi siamo gnomi e facciamo attenzione!»

Lo gnomo con la giacca interferisce. «E disordine ovunque, anche sulla nostra strada!»

A Mats viene in mente che ha già incontrato queste

piccole creature, hanno spianato la strada a lui e a Finja insieme ai troll... No, non è andata così: i troll hanno fatto il lavoro sporco e i piccoletti li hanno diretti.

Ora lo gnomo con la camicia nota Mats e Venn.

«Sono quelli? I non-gnomi?» chiede.

Snorri annuisce e geme: «Snr, sì, quello è Mats...»

Lo gnomo con la salopette lo interrompe. «Davvero, Grummel, Müffel... come avete potuto scambiare quei nasi lunghi per noi?»

Grummel fa un passo avanti, indica Mats e dice: «Amico!»

«Proprio no!», grida quello in salopette. «Snorri è... era fino ad oggi... l'unica eccezione. Noi siamo tuoi amici, gli altri stanno solo approfittando della vostra buona natura!»

«Esattamente, esattamente», afferma quello con la giacca. «Gli umani sono avidi!»

«E puzzano», sostiene il primo.

Lo gnomo con la camicia accanto a Mats lo annusa. «Non puzza affatto.» Dà un'altra sniffata. «...Quasi per niente.»

Mats si arrabbia: «Che razza di pregiudizi sono questi? Puzzo solo a volte dopo aver fatto il bagno nel fango o dopo aver mangiato cipolle, ma di certo non approfitto degli adorabili troll, così come Snorri e Venn. E Snorri ci ha chiamati gnomi solo perché Grummel non mi scambiasse per qualcosa di commestibile. Ma ascoltandovi, preferirei essere del cibo piuttosto che uno gnomo! E ora vado a salvare il *mio* amico e liberarlo da queste crudeli catene di pietra! Non osate cercare di fermarmi!»

Mats ha raramente pronunciato così tante frasi di seguito, si guarda intorno un po' senza fiato e tutti lo guardano. Dato che nessuno si agita o brontola, si muove molto lentamente e con la massima sicurezza possibile verso Snorri.

«Ci ha sentiti, Bjarki», dice lo gnomo con la camicia allo gnomo con la giacca.

«Parla la nostra lingua, Smekkbuxur», dice lo gnomo con la giacca di nome Bjarki allo gnomo con la salopette.

«Ma nessun umano ci ha mai capiti!» dice Smekkbuxur con stupore, tirandosi su la salopette. Poi si volta di nuovo verso lo gnomo con la camicia. «Cosa significa questo, Vilmundur?»

«Snrrr, quello con l'amuleto è Mats!», lo presenta Snorri.

Mats esamina il suo amico da cima a fondo. Sembra illeso e anche il suo sguardo è fresco e allegro come al solito. Sembra che l'elmo di Loki abbia perso il suo effetto su di lui. Dovrebbe quasi essere grato ai piccoli gnomi per questo, anche se non era affatto la loro intenzione. O sono anche loro alla ricerca dell'elmo? Toglie la prima pietra dai tentacoli di Snorri e dice: «Meglio non dirlo ad alta voce o prenderanno l'amuleto come hanno fatto con l'elmo.»

«Anche questo è un pregiudizio... Noi gnomi non siamo sempre e solo a caccia di tesori!» afferma Smekkbuxur.

Mats indica l'elmo su cui è seduto.

«Oh, e che dire di questo? So per certo che non è tuo, è di Snorri!»

Smekkbuxur guarda intensamente l'elmo sotto di lui,

come se si fosse appena accorto della sua presenza. «Non riuscivamo a mettere le pietre mentre Snorri lo teneva in testa», spiega.

«Potete riprendervelo!» dice Bjarki, correndo diligentemente verso Smekkbuxur per aiutarlo a scendere dal suo trono.

Ma Smekkbuxur pianta i piedi contro le corna. «Non avere così tanta fretta! Forse mi piacerebbe tenerlo, dopo tutto. È molto comodo come poltrona!»

Mats sente qualcosa che rimbomba, un malumore che proviene dalla direzione di Smekkbuxur. I suoi occhi brillano, leggermente vitrei. Qualcosa si muove sotto di lui. Di nuovo quel bagliore rosso e poi l'elmo inizia a dondolare. Sempre più violento e caparbio.

L'elmo vuole liberarsi di Smekkbuxur! Almeno così sembra. Il piccolo gnomo si aggrappa disperatamente alle corna, ma non può resistere a lungo e alla fine finisce violentemente a terra. Si rimette in piedi e guarda l'elmo.

«Riprendetevelo!»

Poi si toglie lo sporco dai pantaloni e un sorriso malizioso ritorna sul suo viso. Fa anche un piccolo inchino. «Se tu sei colui che Frigg ha profetizzato, allora naturalmente io e i miei gnomi ti sosterremo in ogni modo! È una fortuna che ci capiamo.»

Mats esita. Dovrebbe prendere l'elmo? È meglio che non lo metta, la trasformazione di Snorri lo dimostra. Ma può toccarlo.

Raccoglie delicatamente l'elmo, lo soppesa e si sorprende di quanto sia di nuovo leggero. Con l'altra mano, cerca l'amuleto e si rivolge allo gnomo.

«Sì, sono contento che Frigg mi protegga.»

Smekkbuxur scuote la testa. «L'amuleto può proteggerti, questo è vero. L'ambra è la pietra più potente che conosciamo. Ma tu hai un dono dentro di te, Mastro Mats. Parlare con tutti, capire tutti gli esseri viventi e forse anche di più... questo supera ogni magia! Anche quella di Frigg!»

Imbarazzato, Mats guarda a terra e continua a spostare le manette di pietra di Snorri. Finora è stato felice di chiacchierare allegramente con Venn e Snorri, ma non ne aveva compreso a fondo l'importanza.

Forse è un bene che lo gnomo glielo abbia ricordato...

Finalmente Snorri può muovere di nuovo tutti i tentacoli. Mats ne pizzica leggermente uno.

«Cosa hai combinato...»

«Snf, scusa per... lo sai! È stato stupido da parte mia!»

Mats porge con gentilezza l'elmo a Snorri. «Lo rivuoi indietro?»

«Ma hai perso del tutto la ragione?» nitrisce Venn dietro di lui. «Così dovremo ricominciare a corrergli dietro.»

«Snö, snö, ora sono più intelligente!» afferma Snorri. «Non lo metterò mai più! Meglio se lo porti tu!»

Ora anche i troll si risvegliano.

«Amici!» dice Grummel.

«Amici!» conferma Ruffl, porgendo a Snorri il suo piccolo elmo.

«Amici!» afferma Vilmundur, la cui camicia lunga lo rende chiaramente il più simpatico dei tre gnomi.

«Pasticcio di porcini?» chiede ora Müffel.

«Purtroppo no», rifiuta Mats. «Dobbiamo prima distruggere quell'elmo. Ma una volta fatto, torneremo!»

Finja avverte l'eccitazione del serpente. Niente più inquietudine. Ha un obiettivo! All'inizio, l'attesa attanagliava anche Finja. Il serpente si è rilassato e ha sciolto i muscoli e così Finja può finalmente muoversi di nuovo più liberamente. Cerca di non pensare a cosa la stia effettivamente schiacciando e a dove si trova. L'importante è andare avanti di nuovo. Ma dura solo per poco.

Finja non capisce perché, ma tutto è di nuovo più faticoso. Si tasta braccia e gambe. È ancora tutto al suo posto. Per il momento. Si muove solo a metà della sua velocità, ha solo metà della sua forza, come se solo una parte di lei funzionasse ancora.

Con trepidazione tocca l'amuleto, temendo di averlo perso, ma è sempre intorno al collo. Semplicemente non lo sente. La connessione è sparita. Mats! Gli è successo qualcosa? Oppure... oppure l'ha abbandonata?

Lo stomaco di Finja si stringe, non per fame o sete, ma perché ha perso la speranza, nella pancia del serpente. Anche se raggiungesse la testa, qualcuno dovrebbe comunque aprire la bocca del serpente al momento giusto.

Oh, Mats, per favore, ti prego, non lasciarmi sola!

XVIII

L'ELMO CORNUTO

Hanno appena superato alcuni alberi scuri e nodosi che non hanno nulla in comune con la foresta idilliaca di prima. I rami radi ondeggiano nel vento, guidandoli verso la scogliera da cui possono vedere il mare che si infrange sotto di loro, quando Mats improvvisamente dice: «Fermatevi!»

Venn obbedisce, ma controvoglia. «Non abbiamo fretta?»

«La dovremmo avere...» Mats si lascia lentamente scivolare giù dalla groppa di Venn. «...se sapessi cosa fare adesso.»

Mats si inginocchia a terra e contempla pensieroso l'elmo che ha in mano. Il suo potere lo circonda. Metterlo in testa, solo per provarlo? No! Mats lo appoggia davanti a sé su una grande pietra.

«Ero così occupato a cercarlo che ho continuato a rimandare altri piani a un altro momento. Ma ora quel momento è arrivato e non ho idee.»

«Snl, snl, Finja!», «Distruggilo!» suggeriscono Snorri e Venn simultaneamente.

Mats gira intorno all'elmo e lo guarda con attenzione da ogni lato.

«Un sacco di possibilità», sospira. «Mi piacerebbe averle tutte senza dover scegliere, ma è quello che dovrò fare, che mi piaccia o no!»

«Ssssssss!»

Una vipera sibila e si mette a fissarlo. Un'altra vipera? Sembrano essere gli unici animali che non si ritirano e non si nascondono...

Snorri strilla e fa un salto di lato.

Mats fa fatica a risollevare l'elmo. Per un attimo, pensa semplicemente di portarlo a Kailani, in modo che lei possa chiuderlo nella sua teca di Frigg e tenerlo al sicuro. Sarebbe bello liberarsi di questa responsabilità. Anticipa la risata gongolante che questo suo desiderio suscita nell'elmo, come se si compiacesse del terrore che diffonde. Mats si alza. La sua mente è decisa.

«Loki non l'avrà!»

«Così parla un eroe», dice Venn.

«Così parla un pazzo che non ha ancora idea di come distruggere questa cosa. Forse dovrei imparare a cantare?»

«O forse ti serve la magia del ghiaccio», suggerisce Venn.

«Sn, e Finja?»

«Mi piacerebbe tagliare la pancia del serpente con l'elmo», ammette Mats.

Senza alcun preavviso, un singolo fulmine colpisce le rocce di fronte a Mats, spaccando un masso e causando la caduta di molti detriti. Il sentiero che avrebbero dovuto prendere è ora mezzo sepolto. Mats, Venn e Snorri si riparano, spaventati. Un altro fulmine colpisce un albero non lontano da loro, recidendo un grosso ramo. Il tuono che segue sembra un'imprecazione. Spesse nuvole scure si accumulano su di loro e li opprimono. Più si avvicinano, più chiaramente Mats percepisce frammenti di discorso.

«Attenzione! Non c'è bisogno di... annunciarci!»

«Pusillanimi... grande entrata!»

«Wali, Magni e Modi», sussurra Mats.

«Cosa ci fanno qui?» si chiede Venn.

«Certamente niente di buono, penso che sia ora di chiamare i rinforzi, perché sono sicuro che né Kailani né Exena si aspettano visite dall'alto.»

Dietro di loro, nelle vene della Montagna di Fuoco, pulsa il suo sangue lavico. L'isola prende vita e tutti gli esseri viventi si nascondono o cercano di fuggire. In rapida successione cadono altri fulmini. Proprio come Snorri, Mats si spaventa per ciascuno di essi, afferrando rapidamente l'elmo che sembra annidarsi nel suo braccio.

«Non può essere così pesante!»

«Beh, ascolta... questa è magia divina!»

«Sempre con questo martello voi due...»

«Oh il piccolo Thor non ci riesce... l'hai visto al museo!»

Mats, Snorri e Venn scendono verso il mare il più velocemente possibile, a tratti scivolando in discesa, con le pietre che continuano a cadere sulla strada. Mentre quasi rotola e riesce a malapena ad evitare di cadere, a Mats viene in mente un'idea, piuttosto audace, ma forse...

Dopo tutto, i tre dèi gli devono qualcosa, giusto?

Finalmente raggiungono la spiaggia rocciosa. Ma lì si imbattono in un'altra catastrofe. A pochi metri davanti a loro, l'acqua si alza e si abbatte su di loro, spazzando via ogni cosa.

Venn viene raggiunto da un'onda prima che possa trasformarsi nella sua forma acquatica. Mats e Snorri riescono solo ad aggrapparsi al suo collo. Girano in vortici d'acqua, sempre più velocemente.

«Aiuto!»

«Snoooo!»

«Brrrr!»

Le onde fanno perdere l'equilibrio a tutti e tre. A un certo punto Mats non riesce più nemmeno a urlare, l'acqua gli finisce in bocca, negli occhi, nel naso. Solo le ventose di Snorri impediscono che l'elmo venga scagliato via, lo tiene premuto tra sé e Mats.

Mats è stordito, si aggrappa a Snorri e affonda nelle secche vicino alla riva. Lotta per respirare e si stupisce che i suoi polmoni si riempiano di nuovo d'aria, anche sott'acqua. Miracolosamente, Venn sta ancora nuotando quasi accanto a loro.

Il mare è in subbuglio, sulle onde successive danzano le nuvole bianche e finalmente si liberano del loro messaggio: «Lui, lui, lui arriva, arriva, arriva!»

Mats non ci mette molto a capire di chi parlano.

Dietro di lui ancora un fulmine che lo fa raggelare. «Snorri, dammi l'elmo e nuota fino alla Città delle Conchiglie. Avvisa Kailani se non si è ancora accorta di quello che sta succedendo.»

«Snl», fa Snorri, infilandogli l'elmo in mano e immergendosi.

«Venn, puoi occuparti della Città di Ghiaccio? So che odi Exena, ma...»

«...Ora non conta», risponde Venn e parte.

Mats non pensa più, agisce. Nuota di nuovo verso la riva, da dove può guardare il mare aperto. Con una mano afferra il suo amuleto. «Frigg è al mio fianco, forse posso fare entrambe le cose!»

Per quello che lo attende, ha bisogno di entrambe le mani! Uno sguardo all'elmo. Dovrebbe indossarlo? L'elmo si spinge verso di lui, felice, sembra. Non è importante se se lo stia immaginando o meno. Ha sperimentato cosa significa arrendersi al controllo di Loki. Non lo farà di nuovo! Fruga nelle tasche dei pantaloni. Eccole: le corde di kelp che Finja ha tessuto come redini per Venn. Le infila attraverso i fori per gli occhi e intorno alle corna, così da poter indossare l'elmo come uno zaino sulla schiena. Forse più tardi potrà usare le corde come filo da pesca per tendere l'esca verso Bölvun. Il suo piano sta prendendo forma!

«Non disturbarti a impacchettarlo così bene per me!» dice Wali sopra di lui, sul bordo della scogliera. «Va bene così com'è!»

Il giovane dio sta lì a gambe larghe e indica l'elmo. Dietro di lui, Magni e Modi si spintonano.

«Questo vecchio cimelio?» chiede Mats con leggerezza. In realtà, gli tremano le ginocchia. Ora è il momento di sfidare gli dèi. Tutti in una volta. È il coraggio della disperazione e l'unica possibilità di raggiungere entrambi i suoi obiettivi. Vuole disperatamente salvare Finja e distruggere l'elmo. Il rischio è alto! Spera che nessuno senta i suoi denti battere!

Modi sbuffa. «Ah, ah ah, non sa nemmeno che elmo è quello!»

Magni lo colpisce al fianco. «Non essere stupido, abbiamo visto che lo sa, fratello!»

«Non puoi fare nulla con il suo potere, ragazzo», li interrompe Wali. «Sta meglio con noi!»

Finché parlano con lui, non succede nient'altro, così Mats chiede con aria innocente: «E cosa pensate di fare con l'elmo?»

«Finalmente controlleremo il serpente», sbotta Modi.

Questa volta il calcio al costato arriva da Wali. E un grido da qualche parte nella testa di Mats. Finja! Deve essere vicina!

Il suo sguardo va verso l'acqua... Non si vede ancora nulla. Socchiude gli occhi verso il lato dell'isola all'estremità inferiore della baia. Come reagiranno i Mauk? Percepiscono il pericolo? Sembra di sì. A una buona distanza, sopra i tetti della città sulle palafitte, nota del movimento. Potenti e veloci, ancor prima che gli dèi li vedano, sono su di loro. L'intero stormo in una formazione nera di piume proietta le sue ombre sulle scogliere e sulla spiaggia rocciosa.

«Attenzione!» grida Modi. «Queste creature stanno mettendo a repentaglio il nostro successo!» Si prepara a saltare giù dalla roccia.

«Non c'è fretta», lo placa Wali. «Sono uccelli, pensano solo a se stessi!»

Sembra che abbia ragione, i Mauk si muovono sopra la testa di Mats, senza badare né a lui né agli dèi. Tuttavia, Mats è alla ricerca di un paio di ali grigie. Ed eccolo lì, Grå che gira sopra la sua testa.

«Mrk, la rrrovina sta arrrivando! Noi andiamo avanti. Vuoi venire con noi?»

«Grazie per l'offerta. Ma non posso, il mio posto è qui!»

«Senti il suo gracchiare affamato, Wali? L'uccello gigante sta per mangiare il nostro cercatore di elmi», Mats sente Modi fare baccano, ma continua a concentrarsi sul suo amico grigio.

«Mrk, stai giocando con il male», avverte Grå.

«Lo so, è per questo che speravo che tu fossi al mio fianco mentre cerco di convincerlo a lasciare andare mia sorella.»

«Mrk, non chiedere troppo», gracchia Grå. «Addio, cerca di rimanere vivo!»

«Arrivederci!» esclama Mats, salutando. «Sono onorato che tu mi abbia chiesto di venire con te!»

Grå sale più in alto, si unisce al suo stormo e spariscono tra le nuvole. Peccato, sarebbe stato più facile con lui...

Il mare si solleva in onde imponenti. In mezzo, serpeggia un corpo gigantesco. I Mauk sono scappati appena in tempo: Bölvun è qui!

L'acqua intorno a Mats sale fino all'ombelico. Wali, Magni e Modi balzano accanto a lui con un salto possente.

«Presto, dammi l'elmo!» ordina Wali.

La testa del serpente spinge in avanti. È ancora spaventoso come Mats lo ricordava. Il cuore gli batte in gola. Armeggia con la corda. Ora è l'occasione per fingere lo scambio. Può letteralmente sentire l'approvazione dell'elmo sulla sua schiena. Di nuovo il grido stridulo nella sua testa. Cosa impedisce alla bestia di divorarlo con tanto di pelle ed elmo come sua sorella? I tre dèi certamente no.

«MRK!»

A Mats viene la pelle d'oca dalla gioia! È tornato! I becchi gialli di Grå sfrecciano nell'aria e afferrano Mats per il colletto.

«No, prima l'elmo!» impreca Magni.

Modi si precipita dietro a Mats e al Mauk con un salto. Tra un attimo, il martello gli spaccherà le gambe. Ma Modi non ci arriva per un soffio, cerca di spingersi più in alto e accidentalmente fa scivolare il martello, che a differenza di lui continua a librarsi prima di cadere.

«Prrrendilo!»

«Non sono mica matto», replica Mats. «Il martello ha buttato a terra persino Wali!»

«Mrk, sali sul becco superiore!» suggerisce Grå.

Il martello torna a terra, e Mats è contento di non aver ascoltato il primo suggerimento, mettere in atto il secondo è già abbastanza difficile. Alla velocità a cui vola Grå, anche tenersi stretti è un'arte. Mats pende dal becco inferiore come una patella, l'elmo sembra volerlo tirare ulteriormente verso il basso.

«Mrk, il serrrpente ti ha puntato», si rende conto Grå. «Vediamo come reagisce quando voliamo in un'altrrra direzione!»

«Aspetta!» urla Mats, che avrebbe preferito trovare prima un appoggio sicuro. Ma l'uccello grigio sta già affrontando una curva ripida.

«Uahhhh», grida Mats.

«Mrk, ci sta seguendo!»

«Rallenta e smetti di cambiare direzione, così mi siedo», implora Mats.

«Mrk, sbrigati!»

Al rallentatore, si fa strada fino a metà del becco a pugnale. Poi, lo usa come gradino per tirarsi su fino all'ampio becco principale. Mats preferisce non pensare all'altezza e al suo rispetto per l'enorme becco. In realtà, si sente sorprendentemente al sicuro. Per la prima volta vede il serpente nuotare in mezzo a loro, seguendo ogni movimento, ogni sterzata di Grå.

«Mrk, e adesso?»

«Aspetta un attimo!» Mats si toglie l'elmo dalla schiena, ma lo lascia legato alla corda.

«Ora peschiamo un serpente», mormora.

L'elmo pesa sulla corda, spinge verso il basso, la sua gioia sfrenata formicola nei polpastrelli di Mats mentre controlla i nodi un'ultima volta. Sul petto avverte un battito... Quello stesso battito che gli era mancato negli ultimi giorni ritorna in questo momento come se non fosse mai andato via... L'amuleto pulsa di nuovo.

Mats è talmente felice che potrebbe quasi volare da solo. Fa un respiro profondo, non ha più dubbi.

Finja è viva!

È laggiù, in attesa di essere liberata.

«Vola in cerchi regolari sopra la testa del serpente, per favore, ma rimani alla stessa altezza a cui sei ora, così non ci prenderà anche se si impenna.»

Grå segue con eleganza le istruzioni. Ad ali aperte plana su Bölvun. Mats lascia penzolare l'elmo come una lenza con l'esca.

«Lascia andare Finja e avrai la tua ricompensa!», ruggisce.

La testa massiccia si alza di scatto. I freddi occhi a fessura fissano l'elmo. Sull'acqua, a una certa distanza, aumenta il trambusto. Exena e i Guardiani della Fonte sono in marcia, guidati da Venn. Le sirene prendono gradualmente posizione sui picchi rocciosi e gli altipiani di fronte alla spiaggia. Wali ha le braccia alzate per l'incantesimo e Magni e Modi sono in piedi con una mano ciascuno sul martello.

Bölvun non si lascia distrarre, il serpente apre la bocca quel tanto che basta per mostrare i denti. Le squame frastagliate color rosso vivo sul cranio si ergono facendo apparire la testa ancora più ripugnante e bellicosa. L'acqua del mare imperla il corpo verde-giallo mentre si alza e si abbassa in movimenti serpentini.

L'idea di essere intrappolati dentro quel mostro fa rabbrividire Mats. Come ha fatto Finja a rimanere viva? La paura che una delle zanne affilate la prenda e la trafigga spinge Mats a manovre rischiose.

«Vola un po' più vicino...», chiede Mats a Grå, «...a una sola spanna di distanza!»

Il Mauk angola impercettibilmente un'ala e inclina le lunghe piume della coda; già si abbassano. Avidamente, il serpente apre la bocca un po' di più. La lenza freme. Mats la fa oscillare su e giù. Bölvun si spinge più in là che può, pronto ad abboccare all'amo.

«Prima mia sorella!» grida Mats.

La bocca di Bölvun si contorce in una smorfia. La testa del serpente è vicinissima, segue ogni loro piccolo movimento. Allo stesso tempo, con un solo colpo di coda abbatte una fila di palafitte. Le capanne cadono in mare.

Quello che sembra un incidente, mentre il serpente si gira in una baia troppo stretta, è in realtà puramente intenzionale. Un avvertimento a Mats di cosa è capace il serpente e di cosa può fare Loki con il suo corpo.

Alcuni tritoni che arrivano a nuoto per difendere l'isola vengono colpiti dalle travi e rimangono feriti, eppure continuano a prendere posizione, coraggiosi e senza speranza, ottenendo poco più che ritardare la distruzione. Le prime note della canzone di Manati si avvertono sull'acqua, ma il serpente, a differenza delle meduse, rimane sveglio e non si lascia incantare.

Come sarà quando Loki riacquisterà i suoi pieni poteri?

Dalla sua vista a volo d'uccello, Mats ha una visione d'insieme. Gli dèi, il Popolo del Mare, gli animali, anche l'elmo a suo modo... tutti in attesa delle sue azioni. La corda si tende e sussulta. E Mats ha un'intuizione improvvisa. Non è il serpente che sta abboccando alla sua esca.

Non è lui che fa fare al serpente ciò che vuole, ma il contrario. Ed è sempre stato così! La vera esca è Finja, come ha detto Kailani: Loki vuole il suo elmo e Mats ha cercato e trovato l'elmo per lui. Ma Mats non è disposto a lanciargli in pasto l'elmo. A maggior ragione senza garanzie sulla vita di Finja, ma al prezzo di tutte le vite che sono pronte a combattere sotto di lui in questo momento.

Non ti servirai di me, pensa Mats. Non ti spianerò la strada per tornare nel mondo dei vivi! Finja non lo vorrebbe. Ma le darò un segno che sono lì, e spero che funzioni!

Mormora a Grå: «Puoi abbassarti e rialzarti prima che il serpente ti prenda?»

«Mrk, tieniti forte!»

Grå si tuffa in picchiata. L'elmo sfreccia verso il suo obiettivo. Bölvun apre avidamente la bocca. All'ultimo momento Mats tira indietro l'elmo, staccando invece l'amuleto pulsante dal collo e lanciandolo con velocità fulminea nelle fauci del serpente. Grå si ferma, si volta e risale. Gli spruzzi li raggiungono mentre Bölvun ricade in mare.

Uno sguardo verso il basso. Non è successo quello che Mats sperava. L'amuleto di Frigg non è abbastanza potente per resistere a Loki. Non ha dato a Finja il potere di fuggire dal corpo di Bölvun come Mats aveva pensato. Il groppo in gola minaccia di soffocarlo. Ha cercato di ribaltare la situazione e ha perso. Non ci sarà un'altra possibilità di prendere in giro il serpente. Lasciargli l'elmo è fuori questione. Ha sperimentato in prima persona la malvagità di entrambi.

Finja è così abituata ai corridoi stretti, allo strisciare, al fetore che all'inizio non percepisce il cambiamento come reale. Un sogno piuttosto, un brutto scherzo giocatole dai suoi desideri. Si pizzica il braccio più volte. È tutto diverso. Più alto, più spazioso, una boccata d'aria. Lo sforzo è valso la pena.

Ora è appesa lì. Per la prima volta dopo molto tempo, può indovinare i contorni di ciò che la circonda. La bocca! Lunghi spiedini appuntiti in attesa di una vittima... i denti! Paura e disgusto si mescolano alla speranza. Ma come si presenterà l'opportunità di uscire dalla sua prigione? Alla fine, il serpente sa che è qui in agguato, pronta a fuggire, e quindi tiene la bocca chiusa?

Se almeno l'amuleto tornasse a brillare. Solo brevemente, per essere certa che Mats stia continuando a cercarla. Ha percepito anche lui il segno di vita del ciondolo? Ma è stato tanto tempo fa. Eppure. Rinunciare è una parola che non esiste per Finja! Rivedrà Mats, lo abbraccerà, farà la pace con lui... deve avere fiducia. Rimane in piedi e coglie l'eccitazione che si crea intorno a lei. Il serpente mastica senza mangiare, tutti i muscoli sono tesi. È un bene o un male per Finja? Di nuovo movimenti frenetici, di nuovo velocità mozzafiato. Ha bisogno di appoggiarsi.

E poi... eccolo di nuovo! L'amuleto le manda un messaggio, battendo come per dire: preparati!

Basta un piccolo segnale e lei salterà più veloce, più lontano e più in alto che può! Prova ad allungare le braccia. Qualcosa le sfiora la punta delle dita. Quasi per riflesso, lo afferra. E si meraviglia. Un disco rotondo e leggermente curvo? Può veramente essere *quel* disco rotondo e leggermente curvo? Afferra la propria metà con l'altra mano.

Mats! È vicino. Bölvun ha divorato anche lui? No, non sembra. È un messaggio. Come può comunicargli al meglio che ha capito? Oh sì, vuole mandare un segnale che nessuno può ignorare! Rapidamente unisce le due metà dell'amuleto. Riuniti e due volte più forti!

XIX

IL MARTELLO

«Mrk, hai ancora l'elmo?» si chiede Grå.

«Sì. Guardando tutto dall'alto, non potevo lasciarlo al serpente.»

«Mrk, dove vuoi andare adesso?»

«Torniamo a terra, temo che dovrò negoziare.»

«Mrk, invece di combattere? Con chi?»

«Questo è il problema: con gli unici che possono distruggere l'elmo con il loro martello.»

«Mrk? Parrrlare? Con gli dèi? Impossibile! Appena ti lascio, ti daranno la caccia!»

«Non c'è alternativa!»

«Mrk, come vuoi tu. Io ti porrrto, ma non rrresterò a guardare!»

«Lo capisco, saluta il tuo stormo! Mi hai aiutato più di quanto potrò mai ringraziarti!»

Grå si appresta ad atterrare. Sulle cime rocciose, Kailani istruisce le Sirene su nuovi canti di difesa contro Bölvun. Si creano vortici e pareti d'acqua. Exena e i suoi Guardiani della Fonte si dirigono verso il serpente con i bidenti sguainati. Mats deve sbrigarsi prima che la lotta impari finisca nel sangue.

Un metro sopra la spiaggia rocciosa, Grå si ferma, battendo le ali nell'aria.

«Mrk, salta! I miei atterraggi non sono così precisi come il mio volo!»

«Addio», dice Mats, e salta prima che Grå prenda di nuovo il volo con un ultimo «Mrk!»

Pochi passi e sarà vicino agli dèi.

«Molto saggio da parte tua offrirci l'elmo», lo saluta Wali.

«Ve lo do se lo distruggerete!»

Wali non può credere alle sue orecchie. «Dove trovi l'audacia di chiedere una cosa del genere?»

Mats lo ignora, preferendo rivolgersi direttamente a Magni e Modi.

«Il vostro martello può farlo, vero? Può spezzare l'elmo?»

Magni lo guarda incredulo, ma con il petto gonfio d'orgoglio Modi afferma: «È Mjölnir, può distruggere tutto quello che vogliamo!»

«Fa' silenzio!», ordina Magni. «Perché dovremmo volere qualcosa di così stupido?»

«Perché ce lo dovete», afferma Mats. «Avete riportato Loki nei Mondi, quindi ora dovete assicurarvi che non diventi più potente!»

«È stato lui!», Modi indica Wali.

«Ma Wali non sa maneggiare il martello, quindi...», Mats si schiarisce la gola e si supera, «è per questo che lo chiedo a voi!»

Il volto di Modi mostra un sorriso. Mats immagina che non gli venga chiesto spesso di fare delle cose e gli piace. Ma Magni gli passa subito davanti e gli strappa il martello.

«Non ci pensiamo nemmeno! Il potere di Loki è nostro, siamo gli eredi degli antichi dèi. Dacci l'elmo e vattene, altrimenti ti faremo assaggiare il potere del martello!»

«Bene, fatelo!» dice Mats, perché ha capito che è a questo che si deve arrivare.

Magni minaccia Mats con l'arma alzata, ma deve abbassarla perché il martello non si lascia muovere.

«Penso che la proposta del ragazzo debba essere presa in considerazione!», una voce femminile si fa improvvisamente largo sopra di loro.

Con abiti fluenti, Hel li raggiunge sulla spiaggia rocciosa.

«Ci mancavi», gemette Wali.

«Che carino da parte tua», risponde Hel in tono agrodolce. «Anche tu! Ma dov'è Vidar?»

«Lascialo sognare indisturbato», Magni scatta, «questo è il nostro giochetto!»

«Questo non è più un gioco già da un po'!» ribatte Hel, voltandosi verso Mats che stringe l'elmo il più possibile, contrastando la voce nella sua testa. «Prendimi!»

«Eh?», fa Mats impotente.

Hel lo fulmina con lo sguardo e allunga il suo braccio scuro e ossuto. «Dammi l'elmo, li costringerò ad ascoltarmi!»

Quindi è così! Kailani aveva ragione. Anche a Hel interessa solo l'elmo. Perché sta parlando con gli dèi? È completamente inutile! Ma li indurrà a colpire l'elmo. Se scappa con lui, non possono fare altro.

«Padre, NO!» grida Hel prima che Mats possa reagire.

Si gira. Bölvun esce dall'acqua e va verso di lui. È stato incosciente, naturalmente, la Bestia vuole ancora l'elmo e sa muoversi bene sulla terraferma. Mats si precipita dietro Hel. Ma la sua figura delicata offre solo un breve rifugio, perché il serpente la spinge spietatamente da parte. Tuttavia Mats riesce ancora a passare accanto al corpo del serpente e correre verso l'acqua nella direzione opposta.

Il serpente gigante ci mette più tempo di lui a girarsi. Corre e prega che anche Magni e Modi lo seguano. Speriamo che questa volta siano più veloci di Loki! Dalle onde, qualcuno viene verso di lui.

«Venn!» grida Mats. Con il suo Kelpi, sarà in grado di andare più veloce! In un lampo sale sulla sua groppa.

«Odio l'acqua», brontola Modi alle sue spalle.

«Sbrigati, prendi l'elmo», ordina Magni.

«Lasciatelo a me!» grida Hel tra di loro.

Mats e Venn si tuffano tra i flutti, il mare li prende e smorza le voci degli dèi. Più veloce che al Løp, più veloce che mai Venn sfreccia attraverso l'acqua.

«È importante che sia Modi a prenderci, non il serpente», dice Mats a Venn. «A portata di mano, così deve usare il martello e non può afferrarmi!»

«Questa è morte certa!»

«Basta che rompa anche l'elmo... Ma tu devi cercare di uscirne vivo, promettimelo!»

«Questo non ti riguarda», nitrisce Venn.

«Per favore, non dobbiamo morire entrambi!»

Mats si è pentito di aver trascinato il Kelpi con sé. Ma è troppo tardi per scendere. Stringe l'elmo sulla schiena e dà un'occhiata sopra la spalla. Bölvun! Il serpente è più veloce del dio. Mats ha ancora un po' di vantaggio, ma la distanza si sta riducendo. Venn si lancia in un percorso a zig zag, cercando di sfruttare la sua agilità. Su, giù, sinistra, destra. Attraversano un banco di piccoli pesci, che cambiano frettolosamente direzione e nuotano con la coda in avanti. I Guardiani della Fonte appaiono intorno a Mats, sui loro Kelpi. Exena alla loro testa. Appena dietro di loro Halvor, seguito da vicino da Usgur e dai veterani. Molto bene, forse possono rallentare un po' Bölvun!

«Is!» Una grandinata di frecce di ghiaccio vola verso il serpente. Con un movimento disarciona almeno metà dei cavalieri dai loro animali come se non fossero altro che krill. Halvor e altri due cadono in fondo al mare. Non si rialzano. Ma Exena continua imperterrita verso il serpente, il bidente in mano, un'onda di ghiaccio come scudo. Mats si copre gli occhi. Nessuno può sconfiggere questo mostro! Anche la condottiera lo sa, ma lei affronta il suo destino, proprio come sta facendo lui.

Da un momento all'altro Mats si aspetta il morso di Bölvun, invece Modi si avvicina di lato. Rapidamente, Mats gli volta le spalle. Colpisci! Ma il colpo di martello non arriva. Magni gli ha tagliato la strada dall'altra parte. Mats viene strappato dal Kelpi e si ritrova preso per il collo da Magni, Modi ha afferrato Venn per la criniera e li stanno trascinando dietro di loro.

Venn urla di dolore e Mats scalcia contro Modi.

«Lascia andare il mio amico! Prendimi e fai di me quello che vuoi, ma smetti di fargli del male!»

Modi ride, forte e malvagio. «Visto che mi hai fatto entrare in acqua, puoi soffrire quanto vuoi!»

Mats grida per la rabbia e la disperazione. Perché non ha funzionato? Sono stati così veloci!

Di nuovo sulla terraferma, Magni lo lancia ai piedi di Wali. «Ora basta con le richieste sfacciate, umano!», lo apostrofa sorridendo.

«Mezzo tritone», specifica Mats.

«Un mezzo tritone morto se non ottengo finalmente quell'elmo!» si infuria Wali.

Nonostante la situazione, Mats non ci pensa nemmeno a cedere l'oggetto volontariamente. Modi lo gira con la forza a pancia in giù e tira le corde. Il martello pende dalla sua cintura.

«Prendimi!»

Finalmente Mats capisce chi gli sta parlando. È Mjölnir. Ecco cosa intendeva lo gnomo. Il suo dono speciale... capire tutti gli esseri viventi e forse anche di più. L'elmo sulla sua schiena si agita e si muove a scatti, vuole scappare.

«Stai fermo!», gli urla Modi.

Gira Mats a pancia in su, con l'elmo già in mano. Manca solo una tirata. Con la coda dell'occhio, Mats vede Bölvun arrivare a nuoto. Uno degli dèi prenderà l'elmo se non agisce ora. Ultima possibilità! La corda si sta allentando. Modi raggiunge l'elmo. Mats è più veloce. Estrae il martello dalla cintura di Modi. Mjölnir quasi vola nella sua mano. Modi lo fissa, sbalordito. Bölvun sibila da una certa distanza e sta per raggiungere la riva. Il bidente di Exena è infilzato sopra il suo occhio sinistro. Mats afferra il manico, lo estrae e fa cadere l'elmo dalla mano di Modi. Che bella sensazione! Con una forza incontrollata che fa tremare le rocce, il martello nella mano di Mats si precipita nel punto in cui giace l'elmo. Sorprendentemente, però, l'elmo non rimane immobile, ma reagisce in un lampo, come se avesse appena preso vita, e rotola ancora un po'.

Bölvun sta tornando indietro. Si piega, si ritrae e spinge la testa verso l'alto. E poi, improvvisamente, tutto il corpo del serpente è un unico bagliore. Un bagliore di ambra. Mats non ha il tempo di farsi domande.

L'elmo cerca di rotolare sul lato e di correre via. La rabbia di Mats si trasferisce a Mjölnir e viceversa. Non manca mai il bersaglio, e Mats usa tutto ciò che ha imparato per essere degno del martello. Prende la mira e questa volta fa centro. Ma non è sufficiente. Mats intuisce quanto il martello odi il suo avversario, ed è pronto per la secolare faida tra Thor e Loki. Vincerà, per Thor e per Finja! Ancora una volta, si abbatte con il martello sull'elmo.

Il serpente apre a malincuore la bocca, costringendo le mascelle a richiudersi con tutta la sua forza e rompendo le ossa.

Magni cerca di recuperare la sua eredità, ma deve rinunciare quando Mats si gira con il martello e manca di poco la sua spalla.

«Al prossimo tentativo colpiremo il bersaglio», avverte Mats.

Wali, Magni e Modi possono solo osservare immobili. L'elmo ne approfitta per nascondersi. Dove è finito?

Nervosamente, Mats si guarda intorno. Una veste sventola su un mucchio di pietre come una bandiera bianca.

Senza esitare, Mats approfitta dell'indizio di Hel e si lancia all'inseguimento con il martello. Non c'è scampo per l'elmo! Uniscono le forze per avere la massima potenza. Mats conduce e il martello colpisce. Preciso, duro e inflessibile. Mjölnir è all'altezza della sua reputazione di distruttore. L'elmo di Loki si ribella, gonfiandosi astutamente di nuovo nel punto in cui è stato sfondato. Quando il martello colpisce l'elmo, sembra come se cento incudini venissero colpite simultaneamente; quando lo manca, è come il rumore sordo di una pietra che cade. Infine, Mats e il martello mettono all'angolo l'elmo, girandolo e colpendo fino a quando i muscoli di Mats tremano e volano scintille.

Ansimando, Mats guarda a terra. Ce l'hanno fatta.

Non sono rimasti nemmeno dei frammenti. Ha letteralmente ridotto l'elmo in polvere. Come se gli avessero staccato la spina, il braccio di Mats affonda con il martello. Completamente esausto, il suo sguardo vaga verso il serpente. Solo brandelli di pelle pendono dal suo corpo. Ogni colpo di martello colpiva anche lui. Ancora si trattiene, ondeggiando. Ma poi, con uno strappo, le mascelle si aprono. Come una fontana, sputa veleno e bile nell'aria.

Nella parte anteriore, con tutto il fetore nauseabondo, una figura vola in alto, avvolta in un'aura dorata e traslucida a cui quel liquido non può far male. Più radiosa, bella e orgogliosa che mai: Finja! Nelle mani sollevate tiene le due metà dell'amuleto unite.

Finja

Finja sente un enorme potere scorrere in tutto il suo corpo. Non solo il secondo amuleto, ma soprattutto la speranza, la certezza che ne deriva. Ne è valsa la pena, come aveva previsto.

La sua energia si connette con la protezione divina. Lo spazio intorno a lei trema. La lingua del serpente cerca di riportarla giù, ma Finja non ha intenzione di tornarci. Impossibile!

Mentre si sposta, sente il trambusto all'esterno. Qualcuno sembra colpire il corpo, il serpente si contrae e si contorce, ma convulsamente tiene la bocca chiusa.

Finja sale con attenzione sul dente avvelenato. Confida nella protezione divina di Frigg. Il veleno sarà presto l'unica difesa rimasta al serpente. E lei è pronta!

Il bagliore dorato di Frigg la circonda, e il serpente la sputa fuori!

Finja non si accorge quasi dell'atterraggio. L'odore, i colori, tutto si confonde davanti ai suoi occhi. Finja è appena consapevole di ciò che accade intorno a lei sulla terra e nell'acqua. Saltare fuori dal serpente ha richiesto tutta la sua energia.

Stordita, galleggia sulla schiena, nell'acqua, mentre osserva le sue gambe trasformarsi finalmente in una coda di pesce. Con un certo ritardo, comincia a capire: «Sono sopravvissuta! Ce l'ho fatta e sono viva!»

Guarda le due metà dell'amuleto nelle mani e le mette al collo. Speriamo che Mats arrivi presto a prendere la sua.

Si guarda intorno, sbattendo le palpebre. È stata lei?

Ha usato il potere dell'amuleto per finire il serpente? L'interno verso l'esterno, è stata opera sua. Ma i muscoli che si stanno staccando dall'osso, la pelle che ora è solo a brandelli sul corpo, quel corpo che è stato la sua prigione per così tanto tempo, tutto questo è dovuto alla lotta che ha percepito. Mats? Che sia stato lui?

Finja ascolta dentro di sé e sente il suo eroismo. Affascinata, osserva il corpo senza vita di Bölvun ritrasformarsi freneticamente in uno scheletro. Non una lacrima viene versata per lui.

Solo una piccola mosca sale dalla gabbia toracica e ronza intorno alla punta del naso di Finja. Più abilmente di quanto si sarebbe aspettata da se stessa dopo tutto quello sforzo, il suo braccio scatta e afferra l'insetto ronzante nel pugno cavo.

«Brzzz.»

Ora tutto quello che deve fare è stringere, poi...

«Lascia vivere la mosca», dice qualcuno.

Un'ombra scura e profonda cade su Finja. È la donna con due facce. Galleggia sulla superficie dell'acqua e si gira rapidamente verso il sole per nascondere il suo lato oscuro. Tuttavia, un brivido percorre la pelle di Finja. Hel.

Finja se la ricorda bene. Scuote energicamente la testa. «No, non farò lo stesso errore una seconda volta!»

Finja stringe il pugno più forte.

Hel si volta e sussurra: «Ricordati che mi devi ancora un favore! Lo esigo ora!»

Finja sospira. Si ricorda anche di questo! Che promessa avventata! Ma che scelta ha? Le sue dita non hanno la forza di mettere in atto il suo piano, deve ricambiare il favore!

Così Finja apre a malincuore il pugno e la mosca ronza via, dritta nel cratere della montagna di fuoco, che è quasi spento.

XX

INIZIO E FINE

Mats sprofonda in ginocchio. Lacrime di felicità e di stanchezza gli salgono agli occhi. Ce l'ha fatta! Finja ha usato la protezione di Frigg per sconfiggere Loki dall'interno! Lascia cadere il martello, si rimette in piedi e barcolla verso la riva. Poi nuota finalmente da lei.

«Finja, Finja, sei viva, lo sapevo! Sei ferita?»

«Solo qualche graffio». Sorride e indica un graffio profondo sull'avambraccio del fratello. «Meno di te, a quanto pare.»

Cadono l'uno nelle braccia dell'altra, si stringono, si godono la reciproca vicinanza per qualche battito di cuore senza altre parole. Poi cominciano a ridere, ridono per la felicità e quasi non riescono a calmarsi.

«Certo che te la sei presa comoda!» dice Finja, con un sorriso.

«Ehi, avevo dei fantasmi, degli dèi e degli oggetti magici di cui occuparmi», dice Mats.

«Anche il mio amichetto qui non scherzava.»

Finja indica lo scheletro con un sorriso. «Pensi che

Madame Noir lo rivoglia indietro?»

«Possiamo portarle le ossa come regalo la prossima volta che andiamo a trovarla!», risponde. «Non è rimasto nulla dell'elmo di Loki, però.»

Mats abbraccia sua sorella. «Ehi, Finja?»

«Sì?»

«Facciamo pace?»

«Come sempre, fratellino!»

Si toglie la metà dell'amuleto e la mette intorno al collo del fratello.

Il primo ad apparire accanto a loro è Snorri. Avvolge i suoi tentacoli intorno a Finja e le tira delicatamente una ciocca di capelli.

«Sì, sono cresciuti!» risponde Finja con una risata.

«Snr, volevo solo essere sicuro!» Snorri nuota verso Mats e indica il suo elmo.

«Snr, sono contento che ci siamo liberati dell'altro!»

«Io di più!»

Finja si acciglia. «Di più cosa?»

Mats le dà un colpetto con il gomito. «Non lo sai ancora, ma posso capire Snorri e Venn e, beh, tutti gli animali...»

«Snr e persino gli oggetti!»

«Snorri ha ragione, e persino gli oggetti!»

«Non sei da sottovalutare, fratellino!» dice Finja.

Mats si gode le lodi. Poteva lasciare che le onde lo cullassero accanto a lei per sempre, assaporando il fatto che erano di nuovo insieme.

Tuttavia, vengono interrotti da Venn, che riemerge accanto a loro.

«Sono stato mandato a prenderti, gli dèi e le due

condottiere hanno qualcosa da annunciare.»

«Cosa sta dicendo?», chiede Finja

«Dobbiamo andare con lui. Ma io non ho voglia di ascoltare grandi discorsi», dice Mats. «Andate avanti senza di me!»

Finja lo afferra per la mano. «Non è possibile! Non solo mi hai salvata, ma a rischio della tua vita hai distrutto l'elmo. Ti rendi conto che questa è l'alba di una nuova era per Rulantica?»

«Beh, sì, ma Exena e tua madre possono festeggiare senza di me!»

Venn si intromette: «Se vuoi appartenere a una comunità, devi darle l'opportunità di accoglierti, Mats!»

«Snr!» concorda Snorri, strattonandolo e tirandolo.

La resistenza di Mats si scioglie. Ancora una volta Mats si aggira da solo mentre Finja si lascia abbracciare da Kailani e Bror...

Nella Città di Ghiaccio tutto viene preparato in fretta e furia. In piedi sulle gradinate del campo di battaglia ci sono Exena e Kailani, con Wali, Magni e Modi tra di loro, che sorridono come se fossero stati loro a finire il serpente Loki. Hel e uno sconosciuto che Mats non ha mai visto prima sono a lato delle gradinate.

Mats fa una smorfia. Conosce la situazione, è sempre la stessa. Il merito andrà ad altri. Ma l'importante è che nulla si metta più tra lui e Finja.

Eppure, mentre si avvicinano al bordo del campo di battaglia, Exena tende loro le braccia sul palco.

«Unitevi a me nel dare il benvenuto ai nostri salvatori, scelti da Frigg!», esorta il Popolo del Mare delle due città. «Grazie ai loro coraggiosi sforzi, non dobbiamo più temere gli umani. Non ci saranno mai più corni in grado di sollevare il muro di nebbia di Rulantica e permettere agli uomini di raggiungere l'isola», aggiunge Kailani. «La Fonte della Vita non è mai stata così protetta!»

Le due condottiere iniziano a battere le mani. Tutti i Guardiani e le sirene si rivolgono a Mats e Finja e si uniscono agli applausi. Accompagnati da grida profonde, uh-uh-uh, Mats e Finja vengono sollevati sugli spalti.

Exena vuole dire qualcos'altro, ma Magni e Modi si fanno strada verso Mats. Modi lo indica con il martello e annuisce.

«Testardo come nostro padre!»

Magni dà una pacca sulla spalla a Mats. «Se il Martello ti accetta, lo faremo anche noi!»

Solo Wali fa una smorfia. «Non volevamo lasciarci i nostri divini padri alle spalle?»

Lo sconosciuto lo interrompe. «Sembra che dimentichiate che sono io a comandare!» Poi, gridando forte in modo che tutti nella piazza possano sentirlo, proclama: «D'ora in poi Rulantica è sotto la mia protezione speciale!» Prende le mani di Exena e Kailani.

«Rinnovo la promessa che mio padre Odino vi fece un tempo. Finché sorveglierete la Fonte, non sarete mai più minacciati da noi divinità! Questo sarà un giorno di commemorazione che le Sirene e i Guardiani della Fonte celebreranno insieme ogni anno: la Giornata degli Eroi!»

Fa l'occhiolino a Mats e Finja.

«Vidar e i suoi grandi gesti», borbotta Wali, così piano che suo fratello non riesce a sentirlo.

Mats non si aspettava di incontrare un dio che fosse solidale con lui. Vidar sovrasta gli altri dèi di quasi una spanna. Ha un viso spigoloso e occhi sbarazzini, segnati non dalla durezza ma dalla gentilezza e dalla preoccupazione.

Ora prende la parola Exena. Si rivolge a Mats, piegando leggermente la testa per indicare un inchino.

«Un'ultima cosa che mi sta molto a cuore. È una necessità e un onore per me rimediare a un errore che ho commesso. Dichiaro, retroattivamente e irrevocabilmente, Mats vincitore dell'ultimo Løp!»

Kailani appoggia le mani sulle spalle di Mats e Finja.

«Sono sicura che vostro padre sarebbe molto orgoglioso di voi come lo sono io adesso!»

Per l'imbarazzo e la felicità, Mats ha le guance rosse e brillanti. Era pronto ad abbracciare tutti, anche Exena. Snorri corre da Halvor e si fa dare la corona di ghiaccio e la ghirlanda. Con entrambe incorona Mats. Questa giornata non può essere più perfetta di così!

Poi Mats sente qualcosa che gli punge la tasca. Ma che...

Ahi! L'aveva completamente rimosso... il corno rotto! Chissà se Magni e Modi gli presteranno di nuovo il martello.

EPILOGO

Hel e Vidar sono ai piedi del ponte arcobaleno Bifröst, che li riporterà al regno degli dèi, Asgard. Hel schiocca le dita e appaiono i gradini per scendere a Helheim. Un addio tutt'altro che facile.

«Posso farti una domanda?» chiede Vidar.

Hel mostra il suo lato bello. «Qualsiasi, se posso riservarmi la risposta.»

«Avresti potuto farla finita», dice Vidar. «Perché hai lasciato scappare la mosca?»

Hel si passa una mano tra i lunghi capelli bianchi con ciocche nere. «Sai dove sarebbe finito? A casa mia, a Helheim! Quello che fa ai vivi è già abbastanza brutto. Ma hai idea di cosa combinerebbe nel regno dei morti?»

Vidar annuisce gravemente. «Non l'avevo considerato. La sua malvagità non sarebbe più legata a un corpo e potrebbe muoversi liberamente nel tuo regno.»

«Esatto, dovrei dedicarmi interamente alla sua sorveglianza, anche più di adesso, perché prima o poi manipolerebbe tutti gli altri, anche i più innocenti e gentili.»

Vidar ricorda il fratello che si è lasciato ciecamente abbindolare da Loki e sospira: «Sono proprio coloro che spesso hanno meno da opporgli!»

«Vedi, quindi dipenderebbe tutto da me. Solo un errore, perché il cuore di una figlia amorevole batte anche nel mio petto, e già porto la responsabilità della rovina del mio e di tutti i nove mondi. No, no, Vidar, è meglio che stia nel limbo!»

«Finché rimane così piccolo, potresti avere ragione.»

«Lo terremo d'occhio, e non solo noi, spero!» Sale sul gradino più alto, ma ci ripensa. «Ora posso farti anch'io una domanda?»

«Certo!»

«Perché non sei intervenuto prima?»

«Ho mandato i miei retropesci per rimediare al peggio, dopo tutto!» Un sorriso molto sottile appare sulle labbra di Vidar. «Detto questo, non ho mai voluto fare l'eroe solitario, quindi ho scelto il migliore per farlo al posto mio! Sapevo che Mats ce l'avrebbe fatta!»

Hel ride. «Ammiro la tua lungimiranza, ti rende un degno condottiero! Ho compreso il potenziale di Mats più tardi di quello di Finja! Con i gemelli, riusciremo a mantenere l'equilibrio su Rulantica! Ma come facciamo a mantenere il segreto nel mondo umano?»

«Finché Catherine Noir è presidente dell'ACE e direttrice di Krønasår, non sarà un problema», dice Vidar.

«Bene, riparliamone in una vita umana», Hel sorride e gli manda un bacio con la mano.

I miei ringraziamenti speciali questa volta vanno a:

La famiglia Mack, che ha fatto rivivere Rulantica in modo affascinante alle porte dell'Europa-Park e dà alle persone l'opportunità di immergersi e riemergere in questo mondo acquatico unico.
Wolfgang Hölker, Lambert Scheer e il team di Coppenrath, che hanno reso i volumi delle vere gemme e sono la migliore casa editrice che io e i miei romanzi di Rulantica potessimo desiderare.
Tobias Mundinger, che ancora una volta ha trovato una risposta a ogni mia domanda con i suoi modi affascinanti e il suo instancabile impegno.
Nicola Dröge e Anja Fislage, che fortunatamente hanno remato con me tra onde e bonaccia, trovando la giusta motivazione al momento giusto.
David Ginnuttis, che ha posto accenti meravigliosi con le sue idee creative e molta empatia.
Hanna Schmitz, che era ancora una volta a bordo insieme a me e ha tenuto tutto straordinariamente sotto controllo con i suoi occhi vigili.
Helge Vogt, che ancora una volta ha dato vita a Rulantica e ai suoi abitanti con le sue illustrazioni più che geniali.
La mia famiglia e soprattutto mio marito, che con comprensione e infinita pazienza ha sopportato me e le mie immersioni a Rulantica per la seconda volta.
I miei grandi, grandi lettori che, soprattutto in questo momento difficile, mi hanno sostenuto con le loro risposte entusiastiche più di quanto probabilmente si immaginano.
Grazie a voi l'avventura acquatica può continuare!

© robra

Michaela Hanauer è nata nel 1969 e vive a Monaco con suo marito e il loro gatto, quando non è a esplorare l'altro capo del mondo. Se non fosse diventata un'autrice di libri per bambini, avrebbe preso lezioni di volo su un tappeto volante, avrebbe sfidato i delfini a nuoto o avviato un'agenzia di viaggi nel tempo. Ha incontrato Aquina, Mats e Snorri per farsi raccontare la loro storia e per scriverla. Ecco perché sa esattamente dove si trova Rulantica, ma ha promesso di non rivelare il segreto!

www.michaelahanauer.de

Da bambino Helge Vogt voleva diventare un paleontologo. A un certo punto si è reso conto che i dinosauri e i mostri preferiva disegnarli. Ora lo fa di professione.
La sua serie a fumetti Alisik è stata pubblicata in Germania, Francia, Stati Uniti, Giappone e Repubblica Ceca.

www.trickwelt.com

Grußwort

Cari lettori e lettrici,

noi dell'ACE (Adventure Club of Europe) abbiamo deciso, dopo un'attenta riflessione, di affidarvi la verità su Rulantica. Ecco perché non ci siamo limitati a far scrivere la storia dei gemelli, che ora potete leggere in due volumi. Ma abbiamo anche creato una mostra speciale su Rulantica al Museo Krønasår. Ho fornito ai miei curatori tutti i manufatti e i documenti su Rulantica in possesso dell'ACE. Con il grande sostegno della famiglia Mack, unita all'ACE da un'amicizia di lunga data, siamo stati in grado di ricreare il mondo di Rulantica in una vecchia sala del mercato del pesce dietro il Museo Krønasår. Così potete immergervi a Rulantica senza preoccuparvi di essere inghiottiti da Svalgur.

Rulantica, intanto, è solo uno dei tanti misteri che l'ACE ha scandagliato nei suoi più di trecento anni di storia. A poco a poco, stiamo condividendo con il mondo tutte quelle storie a lungo chiuse nei nostri archivi segreti. Così potete visitare il Voletarium a Rust, dove i fratelli Eulenstein hanno realizzato il primo volo dell'umanità. Oppure potete recarvi all'Europa-Park con il nostro padre fondatore Bartholomeus van Robbemond e partire alla ricerca di Batavia.
Potete leggere molte altre storie dei nostri membri nei libri dell'Accademia degli Avventurieri.

Fedeli all'esempio del nostro padre fondatore,
speriamo di presentarvi sempre affascinanti novità.

La Vostra
Catherine Noir

22ª Presidente dell'Adventure Club of Europe e Direttrice del Museo Krønasår

Catherine Noir

Hotel Krønasår

Mondo acquatico interno Rulantica

La crociera a tema «Pirati a Batavia»